«En cuanto a mí, me encontré solo por primera vez, después de tantos meses, con una larga tarde de jueves por delante y con la impresión de que, en aquel coche viejo, se había ido para siempre mi adolescencia.»

ALAIN-FOURNIER, *El gran Meaulnes*

1

El momento del hámster

Hay un momento, le pasa a todo el mundo, en el que un niño empieza a dejar de ser un niño. No es un momento como para celebrarlo, porque en general la infancia tiene sus ventajas. Te llevan y te traen, te visten y te desvisten, procuran darte algún que otro capricho y todos se empeñan en creer que eres un ángel, aunque te guste arrancarles las alas a las hormigas voladoras y recoger cacas de perro del suelo para echarlas en los buzones. Un día, sin embargo, algo cambia en ti. Los mayores lo notan y de pronto dejan de tratarte como hasta entonces: se niegan a reírte las gracias y les da por mostrarte, de diversas formas, que el que la hace la paga. Toda una faena. Con lo divertido que era que ellos se encargaran de los platos rotos.

Pero después de ése todavía hay otro momento, que suele retrasarse varios años. Me refiero al momento en el que te toca hacerte realmente mayor. Eso sí que es una catástrofe. A partir de entonces, el problema no es ya que no te rían las gracias, que desde luego no lo hacen, sino que además vienen y te exigen, por todos lados: la gente que te cae bien y también la que te cae como una patada en la barriga. Y por mucho que te reviente, no siempre puedes decir que no. Aunque lo peor, en el fondo, no es eso. Lo peor de hacerte mayor, y vaya si cuesta aceptarlo, es que en adelante ya no sólo pagas por lo que haces. A veces tienes que pagar sin haber hecho nada.

No me acuerdo muy bien del momento en que yo misma dejé de ser una niña. Algunas cosas que te afectan personalmente te cogen más distraída de lo que deberías estar, o puede ser que una haga por olvidar el momento en que la echaron del paraíso. Bien mirado, sería una reacción bastante comprensible. Sin embargo, y quizá sea porque lo vi desde fuera, o quizá porque coincidió con otro acontecimiento importante, el comienzo de la historia que pretendo contar en este libro, me acuerdo muy bien del momento en que le tocó el turno a mi hermano Adolfo, alias el hámster. Rondaba él los diez años, que a algunos les parecerá una edad bastante precoz y a otros no tanto, dependiendo de la experiencia de cada uno. Conviene aclarar, por si acaso, que tampoco es que entonces el hámster dejara del todo de ser un niño. Sigue en la tarea, a decir verdad, y mi pronóstico es que para hacerse mayor todavía le quedan algunos años: pocos, según la opinión de mi madre, que ve crecer a su benjamín y querría que siempre fuera el bebé del principio, y demasiados según mi opinión, porque ya está bien de aguantarle monerías. Reconozco, sin embargo, que a partir de aquel día dejé de verle como un piojo irresponsable, y hasta empecé a sospechar que en su cerebro había algo más que la irritante convicción de ser el centro del universo.

Estábamos a primeros de septiembre, el mes en que todo el mundo vuelve moreno y con ganas de reanudar la actividad, aunque ya se sabe que esas ganas se esfuman pronto y dejan paso al ansia de que llegue cuanto antes el próximo puente. Algo agradable que tienen esos días de septiembre es que todavía no has gastado las anécdotas del verano. A cada amiga que te encuentras le puedes largar a gusto la primicia, aunque para eso tienes que convencerla de que tus anécdotas son mejores que las suyas, porque, si no, lo que termina pasando es que cada una cuenta su historia y nadie escucha a nadie. Aquel verano, sin embargo, no hubo ninguna competencia. Cuando volví a reunirme con mis amigas, Silvia e Irene, quedó claro en seguida que la noticia bomba la traía Silvia, y tanto Irene como yo nos tuvimos que guardar nuestras insignificantes novedades y escucharla atónitas.

Recuerdo bien la escena. Estábamos sentadas en un banco del parque de Castilla-La Mancha, a la sombra, viendo pasar a los chiflados que a aquella hora de la tarde corrían por los senderos chorreando de sudor. Yo andaba un poco amargada, precisamente por culpa del hámster. Mis padres habían ido a Madrid y me tocaba cuidarlo, así que me había visto obligada a llevármelo conmigo y allí lo teníamos de testigo incómodo. No es que hablara mucho ni que intentara protagonizar la situación, como en él era habitual, porque ya me había ocupado de amenazarle con las oportunas represalias; pero hay cosas de las que tres chicas de dieciséis años prefieren charlar sin que les ponga la antena un enano imberbe. Aunque Silvia acababa de llegar aquel mediodía y tanto Irene como yo nos moríamos por colocarle el disco que ya nos habíamos colocado la una a la otra antes, debíamos esperarnos a que el hámster se alejara con un palo o con su Gameboy para soltar los detalles más jugosos. Estábamos Irene y yo en una de ésas, hablando las dos al mismo tiempo, cuando Silvia, que parecía a la vez estar y no estar allí, se quedó mirando al vacío y dijo suavemente la frase temible:

—Yo sí que tengo algo gordo.

Irene y yo nos observamos. Las dos dudamos durante un segundo si podíamos hacer como que no habíamos oído y seguir con nuestros rollos respectivos. Las dos comprendimos al instante que iba a ser demasiado maleducado (además, no era buena táctica para retener la atención de Silvia, que era lo que nos interesaba). Y fue Irene la que, con un carraspeo y ocultando a duras penas lo que le costaba tener que parar su relato, preguntó:

—¿Algo gordo?

Silvia no respondió en seguida. Asintió despacio y, escogiendo definitivamente el gesto de encontrarse a mil kilómetros de nosotras, dijo:

—Dentro de un mes me voy a París. A hacer una película, por ahora, y a lo mejor a vivir allí un tiempo.

Irene y yo tardamos cerca de medio minuto en cerrar la boca. La primera que pudo articular palabra fui yo. Murmuré, como una perfecta estúpida:

—Anda, qué bien.

—Sí —se sumó Irene, incapaz de decir más.

Bueno, aquello sí que era toda una conmoción. Nuestra amiga Silvia, con quien habíamos consumido horas y horas de aburrimiento en aquel parque, o en la clase del instituto, o en el centro comercial, o en los pubs donde conseguíamos que nos pusieran cerveza sin pedirnos el carné; la misma chica que compartía nuestra vida no del todo mala pero un poco insulsa en Getafe, una ciudad cualquiera de las que rodean Madrid, ni siquiera la más grande, tampoco la más maravillosa; nuestra compañera de tantos años, a quien queríamos, claro, pero de quien también nos reíamos alguna vez, agarraba y se convertía de repente en un personaje portentoso, en alguien que iba a dejar nuestro mundo atrás y se iba a ir nada menos que a París, a hacer una película y hacerse luego famosa y quizá no volver nunca sino de visita, para recibir el homenaje del ayuntamiento y descubrir la placa de una calle con su nombre. Tanto Irene como yo pensamos todo aquello de un tirón y nos representamos de golpe hasta los últimos detalles porque era algo que desde hacía tiempo sabíamos que iba a ocurrir. Antes o después. Silvia no sólo era la chica más guapa de todo el instituto y de todo el barrio, sino que tenía un largo historial de anuncios en televisión y en revistas y ya había hecho un par de pequeños papeles en el cine. Un día u otro había de llegar algo serio, y parecía que al fin había llegado. París, más claro imposible.

Nuestros sentimientos, o al menos los míos, resultaban contradictorios. Silvia era una buena amiga, la mejor que tenía junto con Irene. Deseaba que las cosas le fueran bien, claro, pero también me daba envidia, una envidia oscura que no podía ocultarme por más que me disgustara verla. No sólo era que ya no tuviera sentido contarle las tres bobadas que me habían sucedido aquel último verano, sino que ya no iba a tener nunca sentido contarle las bobadas en que se iba a resumir mi vida al lado de la suya, durante los años que iban a venir y que para ella iban a ser de fábula y para mí de una rutina sin mayores alicientes. Otro tanto le pasaba a Irene, que era la persona más inteligente que conocía, y a la que todos sus sobresalientes permitirían ser el día de mañana ingeniero, o juez, o médico, o lo que quiera que se propusiera ser. Pero cuando viniera Silvia hablando de sus viajes, de las películas y de la gente famosa con la que se codearía, Irene se guardaría a buen recaudo, para contármelos a mí, los avatares de su profesión. Lo cierto era que Silvia iba a entrar en otro mundo, al que ni a Irene ni a mí nos iban a autorizar a acompañarla. Un mundo con el que sólo podríamos soñar.

Pero entonces me di cuenta, y también Irene, de que sólo puedes llamarte de verdad amiga de alguien si eres capaz de sobreponerte a tus miserias personales, a los celos y a todas las demás inmundicias por el estilo para compartir de corazón la alegría que tu amiga siente por su suerte, aunque su suerte sólo sea suya y la tuya no sea tan brillante o vaya a ser peor. Porque donde quiera que llega una buena amiga, llegas un poco tú misma, si sabes renunciar a tu egoísmo y ponerte dentro de su piel. Nosotras no íbamos a ir a París, pero ella sí y nosotras éramos sus amigas, las únicas a las que podría contarnos todo. Y aun suponiendo que pudiera contárselo a otros, nadie iba a ser capaz de comprenderla como la comprenderíamos nosotras.

Esta vez fue Irene la que le pidió, esforzándose por agrandar todo lo que pudo la sonrisa en su semblante:

—Pero venga, escupe ya los detalles, cerda.

Silvia esperaba que se lo pidiéramos, naturalmente. Lo decía su gesto y la luz que le llenaba la cara. Por otra parte era consciente de lo anonadadas que nos dejaba la noticia, y quizá también de que nos era inevitable sentirnos un poco diminutas ante su magnitud. Por eso nos lo contó como si no tuviera mayor importancia, casi riéndose de ella misma.

—No os lo vais a creer —dijo, mientras se entretenía un poco a ordenar sus recuerdos—. Hará unos quince días. Estaba yo en la playa, paseando por la orilla con la cabeza en las nubes, cuando de pronto oigo que me llaman: «Perdone, señorita». Así de formal, una voz de hombre con acento francés. Me vuelvo, un poco asustada, la verdad, y veo a un tipo en bañador con una camisa de flores y unas gafas de espejo. Unos cuarenta, así a bulto, pelo canoso, bastante guapo al primer vistazo. Lo primero que pensé fue en seguir andando como si no hubiera oído, vete tú a saber qué quería aquel sujeto. Pero por alguna razón me quedo quieta y entonces va él y se presenta. Me dice un nombre que no entiendo y me suelta a bocajarro: «¿Le gustaría hacer una película?». Era todo tan extraño, el hombre, que me llamara de usted y que me parara para preguntarme aquello, que yo voy y le contesto, como ida: «Ya he hecho dos». Supongo que me quedó fatal, como una cretina vanidosa, pero os juro que casi ni sabía dónde estaba. A eso el hombre se ríe y me responde, sin inmutarse: «Ya lo sé, las he visto. Pero lo que le propongo es otra cosa. Me refiero a hacer una película como protagonista». Entonces es cuando yo ya alucino, y sin poder creérmelo le pregunto: «¿Las ha visto?». El hombre no se da prisa, me deja un momento con la curiosidad y dice: «Sí. Y desde entonces estoy pensando en usted para mi película. Mire si será pequeño el mundo que venimos a encontrarnos aquí, y así descubro que al natural es usted todavía más bonita que en la pantalla. Creo que esta coincidencia es una especie de señal. Como si estuviera usted predestinada a ser la protagonista de mi historia». Ahí fue donde yo ya no supe qué decirle. Imaginaos la situación: parada en la orilla, con un hombre como aquél, bastante atractivo ahora que podía fijarme mejor, escuchando aquellas cosas y buscando algo que decir que no fuera una tontería integral. Menos mal que el tipo debió de notarlo. Se quitó las gafas, dejándome ver unos ojos azules clarísimos, y me preguntó: «¿Están tus padres por aquí cerca?». Yo le respondí que sí, y a eso dijo él: «Me gustaría hablar primero con ellos, si me puedes llevar a donde están. Las cosas hay que hacerlas paso a paso y como Dios manda. No vayan a pensar que soy un desaprensivo».

Al llegar aquí, Silvia se detuvo. Irene y yo estábamos en vilo, como puede imaginarse, y aquella pausa nos dejó descolocadas.

—¿Y? —la animé a proseguir, impaciente.

—Y nada —dijo Silvia—. El hombre fue a hablar con mis padres esa mañana y luego al día siguiente y un par de días más. Les contó la película, les dijo de qué iba el papel y les mandó el guión. Mi padre, que sabe bastante francés, lo leyó sin problemas, pero yo, con el poco que estudié en el colegio, las pasé canutas. Por lo que entendí, es una historia romántica. Trata de dos amigas que se enamoran de un chico tres o cuatro años mayor. Él está muy enfermo y las quiere a las dos, pero teme que se entristezcan cuando él se muera. Así que tontea con las dos, sin elegir nunca a ninguna, porque piensa que precisamente aquella a la que elija va a ser la que peor lo pase. Al final es un poco trágica, las dos amigas acaban peleadas y el chico se va a morir lejos de ellas. O sea, lejos de París, que es donde sucede la película.

—Pues menudo dramón —sentenció Irene.

—La historia no está mal, no creas —la defendió Silvia—. Es que así, contada deprisa y corriendo, pierde mucho.

—¿Y lo de irte a vivir a París? —pregunté.

—Lo habló con mis padres. Para empezar me ofrece un contrato muy bueno. Mucho más dinero del que me habían pagado nunca. Eso por la película. Pero después dice que le gustaría que me quedara a estudiar allí, para aprender bien el idioma y dar clases de interpretación. Me lo pagaría su productora y luego haría dos o tres películas más con él. Siempre de protagonista. Piensa que puedo ser una estrella del cine europeo. Nada menos.

—Qué pasada —comentó Irene, estupefacta.

—¿Y qué vas a hacer? —dije yo.

—No sé. Mis padres me dicen que lo piense. Que la película sí, pero que para lo otro debo estar bien segura. Que se trata de vivir lejos, estudiar y trabajar, todo a la vez y tan pronto. Creen que necesito tiempo, aunque dicen que lo que yo decida. Y para ser sincera, yo estoy hecha un lío.

—No te vayas —se oyó a nuestras espaldas.

En ese momento reparé en la presencia del hámster. Se había acercado subrepticiamente y, aprovechando que yo estaba absorta en la historia de Silvia, nos había estado espiando. Debía de haberse enterado de todo.

—¿Quién te da a ti vela, gamusino? —le espeté.

—Tengo mi opinión. Soy un ser humano —protestó.

—No estés del todo seguro. Anda, vete a darle una vuelta a la montaña.

El hámster se volvió y observó la elevación que hay en mitad del parque. En lo alto tiene una explanada con bancos alrededor y en el centro unas estatuas más bien horripilantes de don Quijote y Sancho.

—No es una montaña —me corrigió, puntilloso—. Es una meseta.

En los últimos tiempos el hámster se había vuelto muy escrupuloso con las palabras. Después de diez años de trabucarlas y cambiar sistemáticamente unas por otras, ahora se pasaba el día con el diccionario perfeccionando sus conocimientos lingüísticos. Casi soportaba mejor lo otro, la verdad. Si seguía por ese camino se nos iba a convertir en un repelente de cuidado.

—Bueno, pues a la meseta —me resigné—. Pero mira, ya que sólo es una meseta, mejor le das veinte vueltas en vez de una.

—Déjalo, pobre —intervino Silvia—. Es tan gracioso...

Ésa es una de las cosas que más me pudren del hámster: el éxito que tiene. A todo el mundo, empezando por mis amigas, le parece de lo más simpático. Claro, sólo tienen que soportarlo de tarde en tarde. Sus berrinches cuando no puede hacer lo que quiere, sus sentadas de media hora en el baño o sus escaqueos continuos soy yo la única que los sufre.

—No puedes irte —le insistió a Silvia el hámster, ya que le daba pie.

—¿Ah, no? ¿Por qué? —preguntó Silvia.

—Porque aquí está tu casa y aquí están los que te quieren.

—¿De dónde has sacado eso, de una película de Disney? —rezongué.

—Sí —afirmó, todo digno.

—¿De cuál? —consultó Irene, que se partía con él.

—*Toy Story 2* —confesó el hámster.

—Oh, no —supliqué—. No le dejéis, que os la cuenta.

—Silvia —murmuró el hámster, como si Irene y yo no estuviéramos allí.

—Dime —le siguió la corriente ella.

—Ese hombre de la playa, ¿va a ser tu novio?

Silvia se echó a reír.

—No, hombre, no —dijo—. Es muy mayor para eso. Sólo es el que dirige la película. Qué ocurrencias tienes.

—No sé, me entró la preocupación —dijo el hámster, muy serio—. Es que yo creo que te conviene alguien más joven, y español. Vamos, alguien que sea más bien de Getafe. Así no pierdes el contacto, y así aunque hagas películas y salgas en la televisión no te vuelves una tonta y una creída.

No daba crédito a lo que estaba escuchando. No me asombraba que el hámster estuviera enamorado de Silvia. En realidad, y teniendo en cuenta la clase de chicas que le gustaban (algo que me constaba de sobra, porque todas las que veía en alguna revista las recortaba inmediatamente, sin encomendarse ni pedirle permiso a nadie), era sólo cuestión de tiempo que se fijara en ella. Incluso empezaba ya a resultar sospechoso lo mucho que estaba tardando. Lo que me extrañaba, ante todo, era verle dar aquellos rodeos. El estilo del hámster era ir a lo suyo sin contemplaciones. Si le gustaba Silvia, qué sé yo, proponerle directamente matrimonio. No habría sido la primera vez que le daba por algo así. Pero allí estaba, el muy tunante, haciéndose el oblicuo. Ni que decir tiene que mis amigas se desternillaban vivas.

—Anda, Adolfo, vete a tomar un poco el aire —le pedí, abochornada.

—Procuraré no volverme tonta ni creída —le aseguró Silvia, aguantándose a duras penas—. Y mientras encuentro a ese novio que dices que tengo que buscarme, bueno, a lo mejor puedes echarme tú una mano.

—Eso, tú anímalo —me volví hacia ella, furiosa.

—No, no me entiendes —se explicó—. Digo que mientras estoy fuera Adolfo puede escribirme y contarme lo que pasa por aquí. Así no me desconecto.

—Te escribiré todos los días —prometió el hámster, solemne.

Mientras aquellas dos pedorras que se decían mis amigas se reían de él, yo miraba al hámster, y fue entonces cuando comprendí lo que decía antes, que de pronto mi hermano había dejado de ser un niño. Porque había aprendido a calcular sus fuerzas, aunque fuera mal, y porque intentaba emplear la astucia, aunque no tuviera mucha, el pobre, en lugar de lanzarse sin más sobre lo que quería. Y también porque en aquel momento le vi expuesto a lo que no están expuestos los niños. A buscar y a perseguir algo que no pueden alcanzar y que más pronto que tarde les hará sentirse desgraciados.

Mala suerte para el hámster, que hasta entonces había vivido despreocupado y feliz. Pero la historia que cuenta este libro no es ésa, aunque a lo mejor algún día alguien debería escribir un libro sobre el hámster (material no le iba a faltar). Lo que ocurre es que de una forma o de otra todo acaba guardando relación, y por eso este libro no deja de tener algo que ver con lo del hámster. Porque la historia, aunque la cuente yo, Laura, es la de Silvia; la de cómo se fue a París, desoyendo el consejo y también la súplica del hámster, y allí, bien, no es que dejara de ser una niña, porque ya hacía tiempo que no lo era, pero sí tuvo que hacerse realmente mayor.

Sé que quienes leen este libro tienen buena memoria, o al menos la suficiente para acordarse de lo que está escrito en la primera página, así que más de uno ya habrá adivinado lo que quiero decir con la última frase. Sí, fue allí, en París, donde a Silvia le exigieron y le exigieron, como nunca antes, y donde le tocó también pagar, aunque no había hecho nada.

A pesar de todo, puedo asegurar que no es una mala historia. Por eso la cuento, aunque yo no sea la protagonista. Por eso y porque a la vez que Silvia, Irene y yo, como quien no quiere la cosa, nos hicimos también mayores. A veces es así como te sucede, a través de otro. Pero en fin, quien quiera saber más, tendrá que pasar la página.

2

Una estrella lejana

Superado nuestro estupor inicial, durante las semanas siguientes nos tocó vivir, como un nuevo asunto cotidiano, los preparativos del viaje de Silvia. Estaba previsto que partiera hacia París en la primera semana de octubre, poco antes de que empezara a rodarse la película. Sus padres seguían cerrando con la productora los detalles. Dónde iba a vivir, con quién, cómo haría para seguir los estudios. En un primer momento habían pensado que su madre se iría con ella mientras durase el rodaje de la película, y tal vez después, si es que se alargaba su estancia. Pero al plantearlo su madre en el trabajo, no le habían asegurado que le guardarían el puesto. Silvia le había dicho que no importaba, que iría sola, y nos lo explicaba:

—Imaginaos que esto de la película no sale bien. Mi padre lo dice siempre: en ese mundo un día estás arriba y al otro nadie se acuerda de ti. Bueno, pues imaginaos que vuelvo con una mano delante y otra detrás y que mi madre está en el paro. A ver cómo pagamos la letra de la casa.

Irene y yo la escuchábamos y nos mirábamos. Silvia había empezado de pequeñita a grabar anuncios para la televisión, y por eso siempre, desde que la conocíamos, nos había sacado una ligera ventaja: se ganaba su dinero y no tenía que mendigárselo a sus padres, como nos tocaba a nosotras. Pero al oírla hablar con esa responsabilidad de la situación monetaria de su familia, teniendo en cuenta algo que nosotras ni nos habíamos planteado, nos pareció que nuestra amiga empezaba a despegarse decisivamente de nuestro mundo de insolventes despreocupadas. Y la admirábamos por eso, tanto como por lo demás. Silvia añadía, demostrando que lo había meditado:

—Tampoco me va a pasar nada por vivir sola. En el mundo de la moda hay chicas que viven solas desde los catorce años. Sé que estará la dificultad del idioma, pero así me espabilo para aprenderlo más deprisa.

Había muchos que pensaban que Silvia no servía para gran cosa, aparte de para poner la carita en los anuncios. La gente tiende a suponer, seguramente para compensar, que una chica guapa siempre es tonta e inútil. Y es posible que Silvia ayudase en cierto modo a que pensaran eso de ella, porque solía aprobarlo todo más bien raspando y de vez en cuando le cargaban alguna. Pero lo cierto es que no tenía mucha paciencia para estudiar, por un lado, y que muchas veces le tocaba trabajar en vísperas de los exámenes y apenas le daba tiempo a prepararlos. En todo caso, y al margen de las notas que sacara, que no son la única manera de medir la inteligencia de alguien, Silvia era cualquier cosa menos la típica rubia idiota. A veces me parecía incluso una de las personas más listas que me había echado a la cara, porque siempre tenía claro lo que quería y se las arreglaba para conseguirlo. Claro que para saber eso había que conocerla como sólo la conocíamos nosotras. Silvia, la verdad, no andaba sobrada de dotes diplomáticas. Sería porque la mayoría de los que se acercaban a ella eran moscones, o porque ya tenía asumido que nadie iba a valorarla más que por su físico. El caso era que lo que creyeran o dejaran de creer los demás, a Silvia le importaba un bledo.

La noticia de que Silvia se iba a París para convertirse en una estrella del cine corrió como un reguero de pólvora por el barrio. Pronto lo supieron todos los vecinos, y cuando empezaron las clases no había alumno o profesor en el instituto que no estuviera al corriente. El primer día, todos querían hablar con ella y averiguar hasta los más mínimos detalles. Silvia, un poco agobiada, y nada deseosa de informar punto por punto a todos los que le preguntaban (entre los que había mucha gente con la que apenas había cruzado palabra hasta entonces), reaccionó de una manera más bien distante. Amable con todo el mundo, pero fría y con aire abstraído. No por orgullo o por superioridad, sino porque le era muy difícil hacer otra cosa. Apenas daba abasto para saludar a todos los que la abordaban. Eso es lo que tienen las estrellas, las del cielo y las de la tierra, que están solas, apabulladas por la admiración que despiertan, y quizá por eso, aunque no quieran, resultan tan lejanas a veces. Siempre lo había sospechado, pero al ver a mi amiga convertirse en una de ellas, lo comprobé como no había podido hacerlo hasta entonces. Y pese a esa actitud de Silvia, nadie se ofendía, ni dejaba por ello de acercarse. Aquella chica era una encarnación del éxito, y a todos les atraía el éxito de un modo irresistible. Por si se contagiaba, tal vez.

A los chicos, la nueva Silvia les imponía un respeto bastante pasmoso. No sólo a aquellos que siempre la habían despachado como la tía buena de cerebro de mosquito que hacía anuncios en la tele, sino también a los otros, a los que en uno u otro momento le habían tirado los tejos, con esa finura y esa elegancia con que suelen hacerlo los chicos de instituto, que viene a ser más o menos la misma que podría tener un sapo si le diera por dedicarse a la gimnasia rítmica. Especialmente llamativa fue la reacción de Gonzalo, un guaperas de pacotilla que siempre se había creído una especie de Brad Pitt con derecho indiscutible y preferente sobre los favores de Silvia. Aquel día, Gonzalo no se le acercó con la insultante chulería de siempre, que infaliblemente le valía alguna coz de ella, sino que tartamudeó:

—Me-me he enterado. Es-estarás contenta.

A Gonzalo, por alguna razón, Silvia se le quedó mirando un poco más que a los demás. Quizá recordó en ese momento todas las veces que le había mandado a freír espárragos o mucho más lejos, y las tonterías de él que le habían dado los motivos: su sonrisita de seguridad, sus piropos estúpidos. Hasta entonces, debió de pensar Silvia, para Gonzalo sólo había sido una especie de presa que tarde o temprano iba a caer, como debía de jactarse cuando hablara con sus amigotes. Ahora él veía cómo ella se le escapaba, sin remedio. Era como si hubiera estado apuntando con su escopeta a un pájaro que de pronto se había transformado en un avión y se remontaba hasta una altura desde la que Gonzalo se volvía un microbio invisible, apenas un puntito insignificante cuyas pretensiones no daban más que risa.

Por primera vez, embargada por la compasión que de pronto le inspiraba, Silvia no fue sangrienta con el pobre Gonzalo.

—Estoy contenta, sí —dijo, cortésmente—. Es para estarlo, ¿no?

Gonzalo dudó antes de contestar.

—Eh, sí, claro —farfulló—. Te vas a hacer rica y famosa, parece.

—Bueno —bromeó Silvia—, es un poco pronto para hablar de eso.

—No —dijo Gonzalo, meneando la cabeza—, de pronto nada. Se veía venir. Y yo sé que triunfarás en lo que intentes.

—Muchas gracias.

—Triunfarás, sí —prosiguió Gonzalo, un poco amargo—, y te olvidarás de todos nosotros. Como debe ser, no creas que no lo entiendo.

Silvia se echó a reír. Imaginé lo que debía dolerle en aquel momento a Gonzalo aquella risa cristalina de mi amiga.

—No me olvidaré —le respondió—. Sería muy feo por mi parte. Con todos los buenos amigos que tengo por aquí.

Gonzalo se quedó observándola con un extraño gesto. Era la primera vez que Silvia no le trataba a patada limpia, y aquello sucedía justo cuando estaba a punto de irse y ya no había ninguna posibilidad de hacerse ilusiones. Yo pensé que los que tenían la suerte de cara, como mi amiga, se veían obligados a tratar con especial suavidad a los demás, porque la ofensa del afortunado hace el doble de daño a quien no lo es tanto. Pero también se me ocurrió que a los chicos como Gonzalo tenía que pasarles algo como aquello, quedarse con cara de tonto en medio de una nube de polvo, para inspirar simpatía. El Gonzalo petulante, el que marcaba musculitos y se espantaba sistemáticamente el mechón sobre la frente para darse aires de seductor, nunca me había parecido, como a Silvia, digno de otra cosa que de hacerlo disecar. Sin embargo, aquel Gonzalo perplejo y derrotado me gustó. Resultaba mucho más digno, más interesante. Incluso más atractivo.

También los profesores demostraron estar bastante impresionados por el rutilante futuro de aquella alumna, a la que ninguno (salvo alguno que otro del sector masculino, y no por razones académicas) había tenido nunca en demasiada estima. Incluso los que alguna vez la habían suspendido, o sobre todo ésos, la felicitaban ahora y poco menos que se ponían a su disposición. También para ellos Silvia aparecía de pronto revestida de un aura especial. Irene, que siempre ha sido la más cáustica de las tres, observó:

—Míralos. ¿Has visto alguna vez que se interesaran tanto por algún alumno con problemas?

—Mujer, alguna vez —respondí—. Acuérdate de José María, el año pasado.

—Sí, bueno, ya sé que siempre hay uno o dos que se pringan, pero eso no cuenta. Me refiero a si alguna vez los habías visto tan volcados a *todos*. Supongo que ya piensan en que algún día puedan entrevistarlos los periodistas. Doña Fulana, profesora de Lengua de Silvia Zornoza, díganos, ¿era una buena alumna? Oh, sí, estupenda, recuerdo que la apasionaba el *Lazarillo de Tormes*. Hizo un resumen magnífico. Por eso la cateé.

—Vamos, Irene —protesté—. Eso suena un poco rencoroso.

—Qué va —se opuso—. Silvia es mi amiga, y mejor para ella. Pero todo este espectáculo, por desgracia, me ratifica en algo que leí el otro día.

Irene a veces sonaba así, un poco redicha. Leía como una posesa, las cosas más insólitas, y en cuanto se le presentaba la ocasión, las citaba.

—¿Algo que leíste? —pregunté, haciéndome la tonta.

—Una frase muy cínica, pero bastante aguda: «Todo el mundo acude en socorro del vencedor». Y tanto. Ahí tienes la prueba.

—Así es la vida —me encogí de hombros.

—Pues ya sabes, arréglatelas para triunfar o prepárate para estar más sola que la una. Como dijo aquel sabio, hace ya mucho tiempo: «*Donec eris felix, multos numerabis amicos; tempora si fuerint nubila, solus eris*».

—¿Qué?

Irene esbozó una sonrisa malvada. La última manía por la que le había dado era aprenderse tiradas en latín. Sabía que era un idioma que ya no se estudiaba en la ESO, y que entre los que habíamos pillado los últimos coletazos del BUP, y nos habíamos visto obligados a darlo en Segundo, resultaba tan impopular que la mayoría lo olvidaba en cuanto conseguía aprobarlo. Ése era mi caso, sin ir más lejos. Y precisamente por eso, porque no lo entendía nadie, Irene le había cogido afición. También se la veía a veces pasear debajo de una tormenta por las calles vacías, y solía despertarse de madrugada para mirar la luna cuando nadie más la estaba mirando. Tenía esas rarezas, Irene, y había que aceptárselas, pero yo me negaba a que me largara aquellos latinajos y me dejara a dos velas, así que insistí:

—¿Qué quiere decir? ¿Y de dónde demonios lo has sacado?

Irene tradujo, satisfecha:

—«Mientras seas feliz, contarás muchos amigos; si los tiempos fueren de desgracia, estarás solo.» Es de Ovidio, un poeta.

—Ahora lees eso, Ovidio —dije, incrédula.

—No. Leo el *Quijote*. Si no fueras tan inculta sabrías que la frase la cita Cervantes en el prólogo. Nada más empezar, vamos.

—Mira, Irene, no te pases —le advertí, porque era una pedante y porque me picaba, después de todo, que me cogiera en aquella falta.

Un tipo astuto, Ovidio, en todo caso. Meses después nos acordaríamos más de una vez de su dichosa frase. Pero no voy a adelantar acontecimientos. Estaba con el recibimiento que los profesores le dispensaron a Silvia, y me toca añadir que le ofrecieron que preparase las asignaturas y se examinara cuando y como mejor le conviniera. Ya se hacían cargo de que faltaría a las clases durante el primer trimestre, y si para el segundo continuaba en París, ya se buscaría la forma de arreglarlo. En todo caso, no tenía por qué apurarse, que ya vería cómo aprobaba el curso sin ningún problema. Para eso tendría el apoyo de todo el claustro de profesores. Cuando Silvia nos lo contó, Irene se volvió hacia mí y comentó, irónica:

—¿Ves? Igualito que cuando yo me pillé la neumonía y tuve que hacer todos los exámenes a cara de perro, como si nada.

—Y sacaste sobresaliente en todo —recordé—. Todos sabían que a ti no te hacía falta que te dieran facilidades. Para eso eres una superdotada.

—Una superleche —y volviéndose a Silvia, le aconsejó—: Aprovéchate, tía, que tienes el mundo a tus pies. Chúpales la sangre, sin piedad.

Silvia no dijo nada. Puso una vez más aquel gesto, el que más le veíamos desde que había vuelto de las vacaciones convertida en una persona distinta: dulce pero un tanto ausente, a la vez como si estuviera y no estuviera con nosotras. Era, supuse, el gesto de intentar asimilar todos los cambios que se producían a su alrededor. El gesto, también, de mirar el mundo a sus pies, como decía Irene, desde la estrella lejana donde ahora vivía.

¿Y nosotras, Irene y yo? Bueno, cada vez estaba más claro, así fuera por contraste con Silvia, que no vivíamos en ninguna estrella, ni nada que se le pareciese, y que el mundo nos quedaba más cuesta arriba que cuesta abajo. Mientras ella se preparaba para volar a París y para ver cumplidos sus sueños, nosotras afrontábamos el penúltimo año de instituto. Si ella iba a vérselas con los focos y con las relucientes aguas del Sena, nosotras íbamos a enfrentarnos con lo de siempre, las malditas evaluaciones, el asqueroso horario, los apuntes y la pizarra, las ganas de bostezar. Llevábamos tantos años de estudiantes que incluso Irene, para quien la cosa no ofrecía dificultades, porque era capaz de aprenderse los libros con leerlos un par de veces, empezaba a dar signos de un invencible aburrimiento. Y lo peor era que si queríamos ser algo en la vida, tal y como estaba la vida ahí fuera, según me decía mi padre cada vez con más frecuencia en los últimos tiempos, no había otra solución que seguir estudiando durante al menos cuatro o cinco años más. Eso suponía que todavía nos quedaban decenas de exámenes, miles de páginas por tragar y subrayar bajo el flexo, mientras los demás dormían, o veían la tele, o estaban en el cine o tomándose algo en una terraza. Cuando tenía pensamientos como éstos, me entraba una especie de desesperación y a la vez unas ganas locas de mandarlo todo al diablo, de meterme a misionera o a voluntaria de una ONG en África o a guerrillera en la selva. Desde hacía algún tiempo soñaba con atajos de ese tipo, y algunos todavía más disparatados. Pero puesta a imaginar atajos, ninguno como el que se había buscado Silvia. Tanto daba que acabara el BUP o no; tenía un camino por delante y en él todas las promesas del mundo. En parte me veía forzada a compartir las apreciaciones sarcásticas de Irene. Era un poco injusto que precisamente ella, Silvia, dispusiera de todas las facilidades para sacar el curso. Las que nos quedábamos, las que no íbamos a París ni nos íbamos a hacer famosas, tendríamos encima que chapar para que no nos suspendieran y para que nuestro humilde e incierto futuro no se acabara antes de empezar.

Aquel primer día de clase, cuando volvía hacia mi casa, después de separarme de Irene y de Silvia, iba dando vueltas a todas estas cosas, con una desagradable sensación de ser justo lo que le había achacado a Irene, una resentida por la fortuna de mi amiga. Entonces me acordé de algo que me había sucedido cuando era muy pequeña, en la verbena del barrio. No recuerdo bien todos los pormenores, sólo sé que había una fiesta infantil y una especie de rifa entre todos los niños. Cada uno llevaba unos boletos, y al final de la fiesta iban a sacar unos números que decidirían quiénes eran los agraciados. El premio máximo era un triciclo que a mí, en cuanto lo vi, me pareció absolutamente maravilloso. Tanto que empecé a desearlo de una manera desaforada, como sólo puede desear una niña de cuatro o cinco años, que eran los que yo tendría por entonces. Seguí con el alma en vilo la rifa, y todavía tengo grabado a fuego en mi memoria, como uno de los cataclismos más terribles de mi existencia, el instante en que le tocó el triciclo a mi vecina Lali, una niña rubia y presumida que estaba acostumbrada a que todos se quedaran prendados de sus enormes ojos azules. A mí me tocó una pistola de vaquero, de plástico, una baratija ridícula que intentaba ser un premio de consolación para los perdedores, pero que para mí fue lo contrario, el odioso símbolo de mi desolación. Aquella noche lloré hasta hartarme y hasta empapar la almohada, y durante meses no pude ver a

Lali, montada o no en su triciclo, sin que se me hiciera un nudo en la garganta y me entraran unas ansias incontrolables de asesinarla de la forma más sádica.

Pero ya no tenía cinco años, pensé, mientras entraba en el portal, y ya era hora de que asumiera que el mundo se dividía entre gente como Lali o Silvia y gente como yo, gente a la que nunca le tocaban los triciclos maravillosos. Así era, y así me correspondía vivir, en resumidas cuentas, sacándole el máximo partido posible a mi ridícula pistola de vaquero. Bang.

El ascensor estaba estropeado y en la escalera coincidí con alguien que era a la vez la persona más apropiada y más inoportuna, dadas las circunstancias: Roberto, mi vecino y también mi único y torpísimo pretendiente. Tenía esa virtud, la de aparecer cuando menos estaba yo para gaitas.

—Hola, Roberto, ¿qué tal? —me anticipé a saludarle, y a la vez aceleré mi subida para pasar de largo lo antes posible.

—Muy bien, ¿y tú? —dijo, sin mucho énfasis, y también sin mirarme y sin pararse, como si tuviera otra cosa en mente.

Cinco segundos después Roberto había desaparecido tras el recodo del descansillo y yo estaba parada entre dos escalones, mirando hacia abajo. La idea que flotaba en mi cerebro no podía ser más perturbadora. Para ser del todo exactos, no era una sola idea, sino dos. Primera: acababan de birlarme mi pistola de plástico. Segunda: o había sido una alucinación, o estaba aturdida por los últimos acontecimientos, o por primera vez desde que le conocía tenía la sensación de que Roberto no era tan mal partido.

Meneé la cabeza, con fuerza. Primero Gonzalo y ahora Roberto. Si seguía por ese camino, tendría que pedir que me llevaran al psicólogo.

3

Amigas hasta la muerte

Llegó octubre. Siempre sucede, para bien y para mal. Lo mismo cuando esperas algo que deseas, como cuando tienes previsto algo que preferirías que no viniera nunca. Al final los días pasan y de ellos no queda más que una estela de humo que se desvanece en el aire. Y llega el momento, esperado o temido. Por un lado se diría que la gente sólo vive para esperar, y por otro que nos engañamos con esa costumbre de mirar siempre hacia el futuro. Porque lo bueno, cuando viene, se acaba rápidamente. Y lo malo, por más que nos resistamos, siempre acaba por ocurrir. Pero no quiero ponerme deprimente, que es como Irene, con su mordacidad habitual, califica esta faceta mía, porque estoy contando una historia y las historias no se cuentan, por cierto, para deprimir a quien tiene la cortesía de escucharlas.

El caso es que transcurrieron las semanas y casi sin darnos cuenta nos encontramos en la víspera de la partida de Silvia. Todos los preparativos estaban ya ultimados. Viajaría sola, irían a recogerla al aeropuerto, en París, y la llevarían al apartamento donde iba a vivir, en el centro de la ciudad, junto a una plaza que llamaban de la Madeleine. El apartamento iba a compartirlo con otra actriz, la que hacía de la otra chica en la película. Por lo que había podido saber, su compañera se llamaba Ariane y era francesa, pero no había nacido en París, sino en una ciudad más al sur, Toulouse.

—Creen que nos entenderemos bien —nos contaba Silvia—. Tiene sólo dos años más que nosotras y resulta que habla español. Por lo visto, Toulouse es, dentro de Francia, de lo más parecido a España.

Aquella chica, Ariane, ya tenía cierta experiencia cinematográfica, y en el dossier que les habían enviado a los padres de Silvia los de la productora venían algunas imágenes de anteriores películas suyas. Era una chica morena, de pelo corto, pecosa. Tenía los ojos verdes y en cuestión de belleza no desmerecía para nada de Silvia. En aquellas fotografías, además, miraba a la cámara con una intensidad increíble. Daba la sensación de ser una de esas personas que guardan dentro mucho más de lo que exteriorizan. Y también de haber vivido algo más de lo que era normal para su edad.

No sé si los que lean estas páginas me entenderán, pero mis sentimientos al ver la cara de aquella chica con la que iba a vivir Silvia, con quien compartiría día y noche y probablemente llegaría a entablar alguna amistad, no eran de excesiva simpatía hacia ella. Nunca he pretendido que quien fuera amiga mía no lo fuera de ninguna otra persona, pero el caso de Silvia, como el de Irene, era bastante especial. Las tres habíamos vivido muchas experiencias juntas, y el vínculo que había entre nosotras era una especie de hermandad que nos defendía y nos distinguía del resto del mundo. Cuando nadie más entendiera lo que una de las tres pudiera hacer, las otras dos sí lo

33

entenderían. Cuando nadie más quisiera ayudar a alguna de nosotras, siempre estarían las otras dos dispuestas a dejarse el alma. Nuestra amistad era absoluta, como dicen que nunca pueden serlo las amistades entre mujeres. Ni siquiera podía romperla un percance amoroso. Nunca había sucedido que dos de nosotras se hubieran encaprichado del mismo chico, y si algo así hubiera sucedido, la segunda habría renunciado, o habrían renunciado las dos. Se me dirá que con esos antecedentes no había nada que temer. Que Silvia podía irse a París y hacer nuevas amigas, sin que nuestro trío viera debilitada su vieja fraternidad. Pero por muchas pruebas que hubiéramos pasado, había una que no habíamos pasado nunca: siempre, desde que nos conocíamos, habíamos vivido en la misma calle, y habíamos estado en la misma clase y llevado más o menos la misma vida. Y esa proximidad era lo que Silvia iba a dejar de tener de golpe, al tiempo que se iba a vivir con personas extrañas. Con aquella extraña de ojos verdes y mirada inquietante.

De todos modos, el que peor lo llevaba era el hámster. A medida que se acercaba el día fatídico, se le veía más apagado y meditabundo. Cuando me lo tropezaba por el pasillo, que recorría arriba y abajo como un penitente, me daba tanta lástima que intentaba animarle:

—Vamos, hombre, que tampoco es el fin del mundo. Hay tres mil millones de mujeres más. Alguna sucumbirá ante tus encantos.

En una de ésas, el hámster se me quedó mirando y dijo, ofendido:

—A mí no me vale cualquier cosa.

—Vaya con Adolfo Valentino —me mofé—. Si te pones así, más vale que sepas que tampoco estás en condiciones de exigir mucho. Hoy día no se llevan los galanes de uno veinticinco, por si creías lo contrario.

—Algún día te sacaré tres cabezas, y entonces verás —me amenazó.

—¿Qué es lo que veré?

—Cuando me apetezca te cogeré como una muñeca, te levantaré del suelo y no te soltaré hasta que me lo pidas por favor.

—Ése es el problema de todos los chicos —me burlé—. Al final, siempre tenéis el mismo ídolo. El bueno de Conan el Bárbaro. Criaturas.

—Ríete, pero el tiempo corre en tu contra.

—Y en la tuya, mocoso, ¿o qué te crees?

—No voy a discutir contigo —repuso, encogiéndose de hombros—. Eres una superior y no te enteras de nada.

—¿Y de qué hay que enterarse?

—De que tienes un hermano imaginativo, inteligente y sensible. El prototipo del hombre del siglo veintiuno.

Aquella respuesta me olió a chamusquina.

—Oye, Adolfo, ¿qué has estado leyendo? —pregunté.

—Mis lecturas son asunto mío —dijo, escurriéndose como una anguila—. Y por cierto, no hace falta que me consueles. El hombre del siglo veintiuno es también un amante generoso y sabe enfrentar los contratiempos.

—¿Un amante generoso? —repetí, descacharrándome.

—No digo más —concluyó, antes de meterse en su habitación—. A buen entendedor, pocas palabras bastan.

—¿Pero tú sabes lo que es un amante? —grité por encima de su portazo.

Con aquella información, fui a sugerirle a mi madre que quizá fuera conveniente impedir que el hámster tuviera acceso a las revistas femeninas que entraban en casa. Por lo que pudiera comprometerle y comprometernos. Mi madre se echó a reír y dijo que lo intentaría, sin mucha fe. Espoleado por su curiosidad, que era insaciable, el muy ladino se las arreglaba para examinar cualquier material que le interesara, por mucho que se lo escondieran. Me pareció que mi madre no se hacía cargo del peligro, pero a fin de cuentas era su responsabilidad. Si el día de mañana el hámster tenía alguna clase de trastorno, a ella iba a tocarle resolver la papeleta.

La última tarde fue gris, no muy fría, pero ya tampoco tan tibia como las tardes anteriores. Soplaba un poco de viento, el suficiente como para que no fuera demasiado agradable estar en la calle. Circunstancia ésta que nos vino bien, porque pudimos encontrar un rincón en el parque, cerca de lo más alto, donde disfrutar de cierta intimidad. Habíamos quedado para despedirnos, y fue Irene la que tuvo la idea de comprar unas botellas de sidra. Para celebrar el éxito de Silvia y para brindar por los viejos tiempos, dijo. Y quizá para ahogar un poco en burbujas la pena de separarnos, pensé yo. El cajero del hipermercado se nos quedó mirando, mientras dudaba si dejar que nos lleváramos las dos botellas o no. En eso, Irene, que siempre ha sido la más echada para adelante de las tres, le guiñó un ojo y le dijo:

—No es ginebra, tío. Mi amiga se va a París y eso no pasa todos los días. Seguro que no quieres jorobar una inocente celebración.

El cajero la observó, cogió la primera botella y, mientras la pasaba por el escáner, le respondió, zalamero:

—Todo lo contrario. Y si me invitáis, tampoco digo que no.

—Gracias por la comprensión, macizote —repuso Irene, una vez que tuvimos la mercancía en nuestro poder—. Lástima que ésta sea una fiesta privada. Otro día lo mismo te dejamos que vengas. Quién sabe.

—Me lo apunto —dijo el cajero, un feo pelirrojo de unos veinte años.

—Muy hábil, pero un día vas a tener un disgusto —le murmuré al oído a Irene, cuando hubimos salvado el obstáculo.

—Bah —respondió ella, en voz alta—. Hay que acostumbrarse a manejarlos, ya que no puedes prescindir de ellos. Es como un deporte.

—Un deporte de riesgo —subrayó Silvia.

—Como todos —aseguró Irene, con aire de experta. Al contrario que la mayoría de las empollonas, ella era una consumada gimnasta.

Una vez en el parque, sentadas sobre la hierba, Irene quitó el aluminio y el alambre de la primera botella y después de aflojarlo y agitar un poco disparó el tapón a quince metros. La espuma salió y rebosó y resbaló borboteando sobre la botella y la mano que la sujetaba.

—Por Silvia Zornozing, la nueva *megastar* del celuloide —brindó Irene, antes de aplicar el morro al gollete y echarse un buen trago.

—Pásala, anda, que vas a dejarla seca —protestó Silvia.

Bebimos por turnos, las tres de la misma botella, como debía ser. No había nada que pudiéramos contagiarnos que no hubiéramos debido contagiarnos ya. Lo pensé y me pareció que ésa era una buena definición de una amistad como la nuestra. Una amistad hecha de compartirlo siempre todo, lo bueno y lo malo, y que sólo podríamos traicionar si dejábamos fuera de algo que a una de las tres le importara a alguna de las otras dos.

Vaciamos la botella en pocos minutos. Aunque ninguna de las tres era especialmente alcohólica (no solíamos tomar nada más que alguna cerveza esporádica), aquella tarde parecía que buscáramos emborracharnos. Salvo Irene, que se había estrenado con cuatro años, zumbándose en un descuido de sus padres un vaso de una potente sangría que la había derribado de forma fulminante, ninguna sabía lo que era estar borracha. Tampoco nos había resultado nunca muy apetecible, por las memeces y las vomiteras que veíamos protagonizar a quienes abusaban del frasco. Pero apenas liquidamos la primera Irene abrió la segunda, y nadie le pidió que esperase.

Bebimos en silencio, una detrás de otra, hasta que no quedó nada. La tarde caía ya cuando depositamos la botella vacía junto a la otra. La cabeza nos flotaba y en el estómago bullía el gas de toda la sidra que habíamos tragado, como un calor reconfortante. No estaba mal, pero supuse que si hubiéramos comprado una tercera botella lo habríamos estropeado todo. Era mejor así: quedarse un poco cortas y mantener el control de la situación. Desde el lugar donde nos encontrábamos, veíamos los adosados del barrio Norte y más allá de ellos, sobresaliendo apenas, los tejados de los últimos edificios de Getafe, antes de la raya donde empezaba Madrid. A nuestra derecha, sólo árboles. A nuestra izquierda, las nubes se iban tiñendo de un color entre rosa y morado. Nos recostamos sobre el terraplén cubierto de césped.

—¿Sabéis de qué tengo ganas ahora, por encima de todo? —dijo Irene.

—No —picó Silvia.

—De mear.

—Pues tú misma —sugerí.

—No, mi impulsiva señorita Laura Gómez —respondió Irene, con retintín—. Una ha recibido una educación y sabe aguantarse y esperar el lugar y el momento propicio para quedar en paz con su vejiga.

—No hay nadie —dije, sin hacer caso de su discurso.

—No me entiendes —se quejó Irene—. No me importa que me vean. Es un ejercicio de endurecimiento.

—A nosotras no tienes que demostrarnos nada —terció Silvia—. Ya te tenemos bastante calada, a estas alturas.

—Y que lo digas —asentí, sin poder contener la risa.

Silvia también se rió y, al cabo de unos segundos de resistirse a duras penas, Irene se unió a nosotras. Reímos las tres, hasta que nos dolió la tripa, por nada en especial. Sólo porque estábamos allí, tumbadas en la hierba, y porque éramos amigas y nos gustaba estar juntas. Sólo por eso.

Cuando se nos gastó aquella risa floja nos quedamos otra vez serias y calladas. No sé lo que estaban pensando mis amigas, pero sí puedo decir lo que estaba pensando yo. Pensaba que aquélla podía ser la última tarde de la vida que habíamos conocido hasta entonces. Que a partir del día siguiente empezaba una vida diferente, y que no estaba segura de que fuera a ser mejor, al menos para mí. Eso era lo que yo pensaba, y tal vez Irene anduviera cavilando algo semejante, porque cuando quiso romper el silencio, dijo:

—Bueno, compañeras. Fijaos bien y grabadlo todo en vuestra memoria. Dentro de muchos años, cuando seamos viejas y gordas y estemos casadas con unos imbéciles pendientes todo el día del fútbol, podremos decir al menos que estuvimos aquí y que la vida era maravillosa.

—Jobar, Irene, a veces no sé si es bueno leer tanto —bromeó Silvia—. Mira que te has vuelto ácida, de un tiempo a esta parte.

—No, no es bueno leer tanto —opinó Irene—. Lo bueno es tener lo que tú tienes. Con eso y un poco de astucia, al menos una de las tres podrá salvarse. Sólo te aconsejo que tengas cuidado con todos esos tipos de película. Al final lo que hay tras la fachada no es muy distinto de lo del resto, cuando no es peor, y todos acaban echando panza y volviéndose unos egoístas.

—Bien me lo pones —suspiró Silvia—. No hay salida, según tú.

—Sí que la hay —afirmó Irene, gravemente—. Úsalos para lo que te sirvan, pero nunca te enredes con ninguno. Una chica como tú tiene la ventaja de que puede permitírselo, así que relájate y disfruta.

—Vale ya, Irene —intervine. Me daba que todas aquellas alusiones a las ventajas que tenía Silvia no eran todo lo cariñosas que debieran. Más bien parecía que Irene, acaso por la sidra, le echaba algo en cara.

—¿Qué pasa? —se quejó Irene.

—Que es la última tarde que tenemos —dije—. Y que deberíamos comportarnos como se espera de tres buenas amigas, ¿no crees?

—¿Y qué he dicho yo de malo?

—Nada, Irene, tú me entiendes.

Irene se incorporó.

—No, no te entiendo. ¿Insinúas que estoy borracha o qué?

—No he dicho eso.

—Estoy tan despejada como nunca —siguió—. Tan despejada que casi me siento clarividente. Por eso veo lo que esta tía tiene por delante. Y como la quiero, a esta tía, que es mi amiga del alma y se merece lo mejor, procuro decirle lo que creo de corazón que puede ayudarla.

Parecía evidente que a Irene no le había sentado muy bien la sidra. Silvia también se dio cuenta y le dijo, conciliadora:

—Está bien. No pasa nada, mujer.

—Sí pasa —se revolvió Irene, exaltada—. Pasa que nadie puede estropearte esto, Silvia. Pasa que tienes que ir allí, a París, y hacer esa maldita película y demostrarles a todos de lo que eres capaz. Y luego seguir adelante y convertirte en la actriz más famosa de España. Tienes que triunfar por nosotras, por las tres, por este barrio y por esta ciudad de la que nadie se acuerda nunca. Tú nos representas, Silvia, y tú vas a decirles a todos que aquí estamos y que merecemos un respeto. Como me llamo Irene que lo vas a hacer, y nadie nos va a amargar la fiesta. Esto es lo que quería decirte, que te comas el mundo, y que nosotras estaremos orgullosas de verlo.

—Claro, Irene, eso ya lo sabe —intenté calmarla, cogiéndola por el brazo.

Irene no me apartó la mano, como yo temía. Se quedó cabizbaja y de pronto empezó a llorar. En cualquier otra podía haber sido una reacción más o menos corriente. Pero ver llorar a Irene fue, tanto para Silvia como para mí, una impresión increíble. Nunca, ni en los momentos más duros y amargos que le habíamos visto pasar, había derramado Irene una sola lágrima. Y ahora le corrían dos regueros brillantes, uno por cada mejilla.

—Perdonad, no sé qué me pasa esta tarde —se disculpó—. Lo que está claro es que si no sabes, no debes beber.

Observé a Irene, tratando de comprender su inusual comportamiento. No podía ser sólo la bebida, que tampoco era tan fuerte y que a mí, que no estaba habituada a tomarla, no me impedía razonar ni darme cuenta de las cosas. Medité sobre las palabras que ella había pronunciado, y de pronto se me ocurrió esta idea: en cierto modo, Irene podía sentirse destronada por Silvia. Hasta el momento en que ésta se había transformado en una estrella, Irene había sido, en su condición de estudiante imbatible, quien de las tres más saboreaba las mieles del éxito. Nunca he estado en esa situación, pero supongo que ser objeto de admiración por parte de todos es algo que te afecta, sobre todo cuando se acaba y es otro quien se convierte en el centro de atención; otro, u otra, con quien no puedes competir. Pero después de pensarlo, me pareció que era injusta con Irene. Sabía de ella lo suficiente como para negarme a explicar de aquella forma su actitud. Debía de pasarle como a mí, que sentía que su mundo se tambaleaba con la marcha de Silvia, aunque a lo mejor, como Irene era más complicada que yo, había en su cabeza otras cosas en las que yo no caía y que la alteraban más. En todo caso, nada de esto estaba lo bastante claro en mi pensamiento, así que acabé por decir:

—Me temo que todas hemos bebido más de la cuenta. Por lo que se ve, beber no sirve para alegrarte mucho, cuando estás triste.

Durante un rato, ninguna dijo nada más. Anochecía y las luces de los coches que venían por la avenida iluminaban con ráfagas intermitentes la rotonda próxima. También se encendían las ventanas de los bloques, y al fondo se iba formando poco a poco en el cielo el resplandor difuso de Madrid. Irene se enjugó las lágrimas con el dorso de la mano y Silvia permaneció erguida, dándonos aquel perfil impecable que a menudo le buscaban los fotógrafos de los anuncios. Finalmente, fue ella, Silvia, la que habló:

—No os creáis, también yo estoy triste, aunque por otro lado esté contenta. Y tengo miedo por lo que se me avecina, a vosotras os lo puedo confesar. No sé si soy tan capaz de comerme el mundo como dices, Irene.

Irene no respondió nada. Yo tampoco. Silvia continuó:

—Lo que sí sé es que he tenido suerte. Que las tres hemos tenido suerte, y que nadie puede quitárnosla si nosotras no queremos. Tenemos la suerte de habernos conocido y de estar juntas, para esto y para lo que venga. Aunque ahora nos toque separarnos. Con París y sin París, lo mismo si nos va bien como si no, siempre seremos amigas. Tenéis que prometérmelo.

—Primero tienes que prometerlo tú, que eres quien se marcha —observó Irene, con una media sonrisa.

—Lo prometo —dijo Silvia—. Siempre amigas. Hasta la muerte.

—Hasta la muerte —aceptó Irene, sonriendo del todo.

—Hasta la muerte —repetí yo.

—Y por lo menos una vez al año, estemos donde estemos, vendremos aquí a brindar por nuestra amistad —propuso Silvia.

—Te tomamos la palabra —avisó Irene.

En eso quedamos. Todavía estuvimos un rato en el parque, pero no hablamos mucho más. Al día siguiente Silvia se fue, como estaba previsto.

4

La más gris normalidad

Los primeros días sin Silvia fueron más o menos como habíamos imaginado, aunque también hubo algunas sensaciones extrañas. Extraño fue, por ejemplo, que después de dejar de verla en persona, como solíamos, empezáramos a ver a nuestra amiga en la prensa. Un día vino su foto en un periódico que se hacía eco del comienzo del rodaje. Al parecer, era todo un acontecimiento que la nueva película de aquel gran director francés fuera a protagonizarla una joven y casi desconocida actriz española. Estábamos acostumbradas a ver cómo cambiaba Silvia en las fotografías de los anuncios o en los *spots* televisivos, pero la foto que traía el periódico, en la que ya aparecía como una diva del cine, nos causó verdadera impresión.

Extraña, y un poco cargante, fue también la conducta del hámster durante aquellos primeros días. Siempre que volvía yo del instituto me estaba esperando en la puerta. Y siempre me recibía con la misma pregunta:

—¿Hay alguna novedad?

La novedad que el hámster esperaba era la llegada de una carta de Silvia. Ella había quedado en escribirnos regularmente y en enviar las cartas a la dirección de Irene. El interés del hámster al respecto resultaba bastante sospechoso. Me olía que quería leer las cartas, privilegio que por si acaso me ocupé de advertirle que no le pensaba conceder. Lo que él declaraba, cautamente, era que necesitaba la dirección de Silvia para escribirle, como le había prometido, y sostenía quejumbroso que eso no podía negarme a dárselo, en cuanto se recibiera la primera carta y con ella sus señas.

—Ya veremos —decía yo, porque a lo que no estaba dispuesta era a complacerle gratis. Ya que iba a tener algo que él quería, intentaría vendérselo a buen precio. Dos o tres semanas de ir por el pan, como poco.

—Tienes que darme esas señas —insistía—. Soy un hombre de palabra, y no pienso quedar mal por tu culpa.

—Querrás decir un pitufo de palabra, en todo caso.

—Laura, algún día te arrepentirás de estos desaires que me haces. Cuando te sientas perdida y llames a mi puerta implorando protección.

Deduje que el hámster había estado escuchando los espantosos discos de rancheras de mi padre. Le aconsejé a mi madre que le controlara esa afición o que le explicara que aquel vocabulario era demasiado melodramático para un niño de diez años, pero ella, como siempre, se negó a darle importancia. Según ella, estaba en una edad difícil, nada más. Era curioso que desde que yo recordaba el hámster siempre había estado en una edad difícil.

Lo que a mí más me dolía de la ausencia de Silvia era pasar por debajo de su ventana, camino del instituto. Estaba en un segundo, junto a la esquina. La conocía bien, porque muchas veces la había llamado tirando una piedra contra la persiana. Ahora no había nadie tras esa persiana para responder a mis piedras, y aunque siempre me quedaba el consuelo de pensar que se trataba de una ausencia transitoria, que Silvia haría la película y regresaría, algo me decía que aceptaría la oferta que le habían hecho y se instalaría en París. No nos había dicho ni que sí ni que no, sino que lo pensaría mientras rodaba la película, pero yo intuía que no iba a volver. Era una ocasión demasiado buena para desaprovecharla, y sin que ella misma lo supiera todavía conscientemente, su subconsciente ya la traicionaba. Si no, ¿a qué había venido aquello de prometer que al menos una vez al año iríamos al parque a brindar por nuestra amistad? Si volvía, podríamos ir no una, sino cien veces. En el fondo, Silvia estaba ya contando con quedarse en París.

Pero la vida debía continuar, y no podíamos, ni Irene ni yo, atascarnos para siempre en aquella añoranza. Al menos nos teníamos la una a la otra, y después de la marcha de Silvia nuestra amistad se hizo más fuerte. Hasta me puse a leer lo que ella leía, para tener más cosas en común. Así fue como conocí a Kafka, un escritor que a Irene la fascinaba y que escribía historias como *La metamorfosis*, donde un hombre se levantaba un buen día y descubría que se había convertido en escarabajo, o como *El proceso*, donde el protagonista se desayunaba con la noticia de que estaba procesado por un crimen que no había cometido. También me pasó *El túnel*, de Ernesto Sábato, que iba de un pintor que se volvía loco por una mujer y hacía mil disparates. Y un puñado de novelas de detectives, de unos americanos llamados Raymond Chandler y Dashiell Hammett, que escribían de tipos duros y cínicos que no creían en nada y consideraban todo una basura, aunque a veces se enamoraban de mujeres malvadas con las que ningún hombre sensato habría querido tener que ver. Quizá por influencia de aquellas lecturas, Irene y yo jugábamos a veces a ser cínicas, y hacíamos planes para parecernos el día de mañana a las mujeres fatales que enamoraban y destrozaban a los detectives. Por aquel entonces nos habituamos a vestir mucho de negro y a escuchar todo el rato la música de The Cure, que era la preferida de Irene y que con el transcurso de los días vino a representar algo así como la banda sonora de aquella sociedad fatídica que terminamos formando entre las dos.

Hablar de todo esto, sin embargo, es ir demasiado deprisa. Naturalmente, lo que acabo de contar nos llevó algún tiempo, no sucedió todo conforme se fue Silvia, sino a medida que fueron pasando las semanas y no tuvimos más remedio que hacernos a vivir sin ella. Pero estaba con los primeros días, y antes de avanzar más en mi historia, debo apuntar un par de sucesos que no dejaron de tener su enjundia. Por lo menos para nosotras.

Por un lado estuvo lo de Gonzalo, el frustrado pretendiente de Silvia. Al poco de marcharse nuestra amiga, empezó a rondarnos de un modo bastante raro. Las primeras veces se acercó con el pretexto de preguntarnos por ella. Que si sabíamos cómo estaba, preguntaba, con aire desvalido.

—¿Pues cómo va a estar? —saltaba Irene, que siempre lo había tenido atravesado—. En la gloria. Rodeada de tíos guapos y ricos que se pelean por ella, viajando en limusina y navegando por el Sena a la luz de la luna.

Yo le sugería a Irene que el detalle de la luz de la luna era cruel para el chico, pero ella respondía, inflexible:

—Si realmente la quiere, sabrá sufrirlo.

Una mañana, durante uno de los descansos, Gonzalo vino hasta nosotras. Estábamos las dos apartadas en un extremo del patio, así que no podía fingir que pasaba por allí de camino hacia alguna otra parte.

—¿Me puedo sentar un momento con vosotras? —nos pidió.

—¿Para qué? —le espetó Irene.

—Para charlar, nada más.

—¿De qué? —insistió mi amiga.

—De lo que salga, mujer —respondió Gonzalo, mientras se sentaba. Parecía haberse resignado a que Irene le fustigara sin piedad, y eso le otorgaba un porte casi trágico, como si fuera una especie de mártir.

Gonzalo le dio un par de caladas a su cigarrillo, bajo el escrutinio implacable de Irene. Después, se permitió suponer:

—La echaréis de menos.

—¿A quién?

—A quién va a ser. A vuestra amiga.

Irene me miró, mosqueada.

—Si la echamos de menos o no —le dijo—, no es de tu incumbencia.

—Lo es —aseguró Gonzalo, exhalando el humo.

—¿Y eso por qué, si puede saberse? —pregunté yo.

—Bueno —respondió Gonzalo, sin apresurarse—. Hay que ser constructivo. Todos la echamos de menos, a la bella Silvia. Era la reina del instituto, eso nadie lo discute. Pero ahora que ya no está, y además parece que va a tardar en volver, habrá que recomponer las cosas de otra forma.

—Oye, tío —le atajó Irene—. ¿Te han puesto algo en ese cigarro?

—Es un cigarro, nada más —repuso Gonzalo, haciéndolo girar ante sí—. Lo que digo es que a veces el que cierta gente se vaya te ayuda a ver más clara la situación. Y te das cuenta de que hay otros alicientes.

—Ya lo entiendo —me dijo Irene, maliciosa—. Se

ha pegado en la cabeza con algo. Si antes el pobre no daba mucho de sí, ahora está listo.

—Tengo la cabeza en perfectas condiciones —aseguró Gonzalo—. Por eso me doy cuenta, como os iba diciendo, de algo que no veía tan claro cuando estaba por aquí nuestra flamante estrella del cine.

—Estamos ansiosas por saberlo —me burlé—. Desembucha y acaba, anda.

Gonzalo dio otra calada y carraspeó un poco.

—Me cuesta un poco explicarlo —se excusó—. Digamos que en cuanto ella se ha ido me he fijado más en el resto del trío. Antes era difícil, con esa chica de anuncio en medio, aunque ya sé que tampoco es una disculpa. El caso es que desde hace unos días os vengo observando y he llegado a la conclusión de que sois con mucho las dos tías más interesantes de la clase.

Irene y yo nos quedamos boquiabiertas.

—¿Ah, sí? —dijo Irene, al fin.

—Sí, y ése es también el problema.

—Ah, hay un problema —anoté.

—Sí, casi siempre lo hay, qué se le va a hacer. Aunque ya quisiera yo que todos los problemas fueran como éste. Se trata de saber por cuál de las dos voy a decidirme. Y os aseguro que la elección está muy complicada.

—Si quieres te hacemos unos pases en bañador, para que termines de salir de dudas —ofreció Irene, con sorna.

—Ya he superado eso —dijo Gonzalo—. Ahora busco la personalidad.

—Ahí está el quid del asunto —repliqué—. Creo interpretar el sentir de mi amiga si te digo que ninguna de las dos busca una personalidad como la tuya, Gonzalo. Aunque te agradecemos esta tardía inclinación.

—Lo suscribo —añadió Irene, poniéndose en pie—. Y me atrevo a recomendarte una técnica menos directa para otra vez. Le daremos a Silvia recuerdos, de tu parte, y le ocultaremos tu inconstancia.

—En el fondo os ha gustado mi franqueza. A las dos. Lo capto.

—Claro, Gonzalo, es que lo disimulamos bien.

—Decidme que tengo una oportunidad —suplicó.

—Por lo menos una siempre vas a tener —contestó Irene—. Supón que algún día coincidimos en una isla desierta y no hay nadie más, ni la más remota posibilidad de que vengan a rescatarnos. Si tampoco hay una pistola con la que poder pegarse un tiro, entonces creo que tienes una oportunidad.

—Es un comienzo —juzgó él, optimista.

—Pues ten paciencia para llegar hasta el final —le aconsejé, mientras regresábamos hacia la puerta del instituto.

Cuando pudimos salir de nuestra estupefacción, intentamos encontrar la forma de interpretar aquello: que al apuesto Gonzalo, el terror de las nenas, le diera de pronto nada menos que por declararse a Irene y a mí. Quizá deba apuntar aquí que Irene y yo somos más bien del montón, ni altas ni bajas, morenas y con los ojos marrones; vamos, la cosa menos despampanante que puede encontrarse. Fue Irene quien tuvo una idea para explicarlo:

—Ya lo tengo. Es impresionante, tía. Silvia nos ha pegado su *glamour*.

—¿Su qué?

—Su *glamour*. Ni tú ni yo somos nada del otro mundo, pero somos las amigas de la estrella. Todo el mundo quiere estar a su lado. Y ese cretino intenta acercarse a ella a través de nosotras. Como te lo digo.

—No me lo puedo creer —me resistí.

—Pues créetelo. Y mientras dure, será cosa de aprovecharlo. No con el mastuerzo de Gonzalo, claro, sino con otros que puedan caer.

—No hablas en serio.

—Bueno, por qué no.

Es posible que Irene acertara en su diagnóstico, por lo menos en cuanto a Gonzalo. Pero por lo demás nuestra vida continuó como siempre, dentro de la más gris normalidad. Dejando aparte aquella extravagancia de Gonzalo, no tuvimos que soportar el cortejo de un número de pretendientes muy superior al acostumbrado. Y hablando de eso, se me ocurre que es justo el momento de contar otro episodio que tuvo lugar aquella misma semana. Éste lo protagonicé en solitario, quiero decir sin Irene, porque sí que hubo alguien más. Quizá algún lector lo haya adivinado: mi vecino Roberto.

En esta ocasión coincidimos al revés que en la anterior: mientras él entraba y yo salía del portal. Acaso por eso, porque no iba a ningún sitio ni tenía prisa, él no pasó de largo. Yo tampoco. Creo que por primera vez en mi vida sentía una cierta curiosidad a propósito de Roberto. Quién me lo iba a decir: el mismo que desde chico había tenido siempre la habilidad de juntarse con los más cabestros del barrio, y al que durante años sólo había visto apedrear perros, arrear balonazos o vocear a diestro y siniestro las mayores bestialidades. Era verdad que desde que había cumplido los quince parecía haberse reformado mucho: por lo menos ya no era tan bocazas y había dejado de ir por ahí en compañía de cavernícolas. Pero así y todo mi vecino estaba muy lejos de resultar irresistible, y su antigua fanfarronería se había transformado, frente a mí, en una timidez bastante patosa. Pues bien, aunque me cueste confesarlo, ése era, sí, el mismo Roberto cuyos pensamientos ahora me intrigaban.

—Hola —dijo, y se me quedó mirando con una mueca rara. No era la del *cowboy* que se dirige a la chica del *saloon*, pero tampoco la de estarse ahogando en su propia saliva que solía dedicarme últimamente.

—Hola. ¿Cómo te va? —le pregunté. Y por primera vez desde que nos conocíamos, hube de admitir que me interesaba su respuesta.

—Bueno —contestó, bajando los ojos—. No es como para tirar cohetes, pero siempre podría irme peor. ¿Y a ti?

—¿A mí? Bien, como siempre. No me quejo.

—Aunque nadie te haya llamado a París para convertirte en una estrella del cine —observó, escogiendo con cuidado las palabras.

Sonreía. Aquel Roberto, precavido y ligeramente irónico, me desconcertó un poco. Pero pude reaccionar con la suficiente rapidez:

—Vaya, parece que no hay otro asunto en el barrio. También tú.

—No es tan asombroso —se justificó—. Es la primera vez que a alguien del barrio le pasa algo así. Y además, tú eres su amiga.

—¿Y?

—Nada. Que sacar el tema contigo es inevitable, supongo.

—¿Por qué? ¿Es una manera indirecta de preguntarme por ella?

Roberto dudó un instante. La conversación empezaba a resultar incómoda, y tal vez trataba de averiguar si lo era por su culpa o porque yo me estaba empeñando en que lo fuera. Me gustó verle inseguro.

—No —respondió, enrojeciendo—. Era una manera de preguntarte por ti.

—¿Por mí? —vacilé. Ahora era yo la que se sentía insegura.

—A otros les interesarán los chismes que puedas contarles de tu amiga —explicó—. Los famosos que conocerá, el dinero que gana, si terminará saliendo en las revistas. A mí no. A mí sólo me interesa que es amiga tuya.

—Ajá —dije, sin entenderle del todo.

—En fin —continuó Roberto—. Tampoco quiero aburrirte, ni darte motivos para que te rías de mí, como las otras veces. No te preocupes, que hoy no voy a preguntarte si te apetecería que fuéramos juntos al cine un día de éstos, o si haces algo el sábado por la tarde. Ya sé que no te apetece y que tienes plan. Así están las cosas, mi rollo no te va y no pasa nada. Tampoco hay que obsesionarse. Dale recuerdos a Silvia si hablas con ella y deséale toda la suerte del mundo. Pero nunca te olvides de lo otro.

—¿De qué? —murmuré, aturdida.

—De que para mí la única estrella eras tú.

Por un momento, mientras Roberto desaparecía dentro del portal, pensé que no había oído bien. Pero sí, había dicho *eras,* en pasado. No sé si es algo que les sucede a todas las chicas o sólo a mí y a las que son como yo, pero debo reconocer que hay dos cosas con las que un chico puede romper mi indiferencia: una, haciéndome sentir como una reina, con dulzura pero sin atosigarme, como acababa de hacer Roberto; y dos, mostrándome fríamente que es capaz de renunciar a mí, como también acababa de hacer mi vecino. Por un momento no supe qué era lo que me hacía sentir más vulnerable: si que me elevara con aquella repentina delicadeza a los altares o que a renglón seguido me destronara y se largara tan campante a reconstruir su vida. Quizá esto último fuera lo más hiriente, y mientras lo pensaba, me enfadé. Era intolerable que de pronto Roberto se convirtiera en una

53

persona normal, sutil incluso, y que en ese mismo instante decidiera y me dijera que podía vivir sin mí. Yo nunca le había hecho ni puñetero caso, pero siempre, desde que me había percatado de su debilidad por mí, había contado con ella como un refuerzo para mi vanidad. Un refuerzo insignificante, y sin embargo, ahora que lo veía en peligro me daba cuenta, imprescindible.

Pero no era el mejor momento para buscarle solución a aquel contratiempo, tan enojoso como inesperado. Eché a andar, sin poder sacarme de la cabeza el recuerdo de la mirada que me había dirigido Roberto mientras me archivaba en el trastero de su memoria. Desde la marcha de Silvia, vivía una y otra vez la misma sensación: al mismo tiempo que a ella se le abrían todas las posibilidades, a mí se me cerraban las pocas que tenía.

En las semanas que siguieron, Irene y yo construimos poco a poco aquella nueva amistad sin Silvia, mientras íbamos superando como podíamos las dificultades de nuestra monótona existencia. Entre medias, rompiendo esa rutina como fulgurantes cohetes lanzados desde París, empezaron a llegar las cartas de nuestra amiga, cargadas de formidables novedades. En total, recibimos tres cartas, a intervalos regulares de una semana: la primera a los dieciséis días, la segunda a los veintitrés y la tercera el día en que se cumplía un mes justo de su partida. Gracias a ellas pudimos ir conociendo los detalles de sus comienzos parisinos, que devorábamos ansiosamente.

Quizá por eso nos costó luego acostumbrarnos al silencio que se hizo tras la tercera carta y que nos obligó durante algún tiempo a imaginar cómo seguía la historia. Pero veo que me estoy adelantando de nuevo, y más vale que me ponga de una vez por todas a

54

contar las cosas por su orden debido, y no yendo hacia adelante y hacia atrás sin ton ni son.

Se me ocurre que una buena manera de ordenar el relato es copiar aquí, una detrás de otra, tal y como las recibimos, las tres cartas de Silvia. Así que por un rato me callo y le dejo a ella la palabra.

5

La luz

París, 17 de octubre
Queridas las dos:
¿Por dónde puedo empezar? Desde hace diez días vivo metida en una especie de torbellino que me coge por la mañana, me lleva todo el día de aquí para allá y me deja por la noche, cuando me tumbo en la cama, tan descolocada y tan aturdida que casi me cuesta recordar quién soy y dónde estoy. Parece que hiciera un siglo que dejé Getafe. Parece que esto fuera una alucinación de la que de un momento a otro tuviera que despertar. Pero no, me repito una y otra vez: soy yo, Silvia, y estoy aquí, en París.

París. Bueno, esto sí que es una ciudad. No digo que Madrid esté mal, claro, pero no sé, será que me lo desluce la costumbre, el caso es que si lo comparo con esto me parece una mala imitación. Por no hablar de nuestro pobre Getafe, todo hecho de ladrillo al aire y de casas y bloques sin ningún chic. Aquí las avenidas, los parques, los edificios, todo resulta apabullante y señorial. Hay palacios por todos lados, aparte del famoso Louvre, tan descomunal que necesitas varios días para verlo. Hay edificios con la cúpula de oro, como uno que llaman de los Inválidos, no me preguntéis por qué. Y bajando a diez minutos de donde vivo puedo ver la *Torre Eiffel*, el *Arco del Triunfo*, el *obelisco*... *Una pasada, de verdad.*

Esta ciudad es bonita a todas horas: por la mañana temprano, cuando salgo para ir a trabajar en la preparación del rodaje; a mediodía, cuando el sol, si es que hay, está más alto; y no veáis ya cuando anochece o es de noche del todo. Entonces se te encoge el alma de mirarla. Casi ni importa el tiempo que hace, que desde que llegué ha sido más bien malo. Es verdad que si sale el sol te deslumbra, pero incluso cuando está nublado o cuando llueve la ciudad brilla como si despidiera luz. Así es como la llaman, precisamente: la Ciudad-Luz, o como ellos lo escriben, la Ville-Lumière.

Hablando de esto, las estoy pasando un poco canutas con el francés. Doy cuatro horas al día, todas las tardes: una auténtica paliza. Cuando termino lo mezclo todo, y tengo la sensación de que la profesora, que se llama Odile (la e del final no suena), empieza a estar bastante desesperada con la alumna que le ha tocado en suerte. Yo exagero todo lo que puedo al poner esa boca de piñón que ponen ellos mientras hablan, pero me temo que con ese truco no basta para dominar el idioma ni la pronunciación. Muchas cosas se parecen bastante al español, algunas (pocas) te suenan del inglés, pero también tiene sus peculiaridades, y sobre todo unos verbos que son un verdadero petardo, porque hay montones de tiempos y conjugaciones irregulares para que todo te cueste un poco más. En fin, c'est comme ça, que quiere decir más o menos que esto es lo que hay y que a jorobarse tocan.

¿Qué más os puedo contar de la ciudad? Bueno, por ejemplo que uno de los lugares que me resultan más interesantes es el metro. Está bastante más sucio y viejo que el de Madrid (y eso me sorprende, porque ya os digo que la ciudad en general es mucho más esplendorosa), pero te impresiona la cantidad de gente de todas las razas y colores que ves, haciendo todo tipo de cosas, desde tocar el violín hasta

venderte llaveros con la Gioconda *(el famoso cuadro de Leonardo da Vinci, que está en el museo del Louvre, siempre al otro lado de unos dos mil turistas japoneses). También en Madrid hay cierta variedad, pero no se puede comparar a lo que tienes la oportunidad de ver aquí. Por eso me meto a veces en el metro, sobre todo cuando tengo un rato libre, al final de la tarde, y hago el trayecto hasta una estación que elijo a voleo sobre el plano. Ni siquiera salgo a la calle: una vez que llego al destino elegido, cambio de andén y me meto en un tren de vuelta. La gente que viaja a esas horas en el metro va cansada, y aunque yo también suelo estarlo, me gusta mirarlos y mirar los carteles de los andenes: esos anuncios que a veces me sorprenden y a veces no comprendo o me parecen idiotas, pero que a su manera forman otro paisaje de esta ciudad. No sé, me da por creer que ese paisaje es más mío que el de arriba, el que todos sacan en sus fotos o ven en las postales que compran para mandar a la familia y a los amigos. Hasta me ha llegado a gustar el olor de ahí abajo, un olor que a ratos es como de azufre y a ratos como de goma quemada. Con ese olor metido en la nariz recorro los pasadizos y subo por las escaleras mecánicas, y será porque es el único momento del día en que estoy a solas con mis pensamientos, pero el caso es que me siento tan a gusto que llego a temer que esta experiencia me esté volviendo casi tan excéntrica como Irene.*

Durante el resto del día no estoy sola ni un solo momento. Aparte de las clases de francés con la señorita Odile (que lleva el pelo teñido de fucsia y un piercing *en la nariz, no os vayáis a hacer la imagen que no es), están los ratos (largos) que me paso con toda la gente de la película. El director, el que me vio en la playa, se llama André y un apellido impronunciable que por lo que he podido saber no es francés, sino polaco. Es un tipo encantador, siempre pendiente de que esté cómoda y de que tenga todo lo que me hace falta. Si digo que tengo sed agarra a una secretaria y* le dice que me traiga agua, en seguida, y la secretaria sale corriendo como si tuviera que ir a apagar un fuego. A mí esto me resulta un poco violento, la verdad, pero no os oculto que produce un regustillo ver que te consideran importante y que todos se esfuerzan por tenerte contenta. La primera noche, André me invitó a mí sola a cenar en un restaurante de superlujo, no muy lejos de donde vivo, y aunque casi no sé qué fue lo que comí, lo que sí puedo juraros es que estaba todo delicioso. André no paraba de hablarme de la película, de la ilusión que le hacía que yo interpretara a la protagonista y de lo bien que iba a quedar todo y de lo mucho que iba a significar en su carrera y por supuesto en la mía, que no está nada más que empezando. Pero yo apenas le oía. Estaba embobada con el sitio, las velas, aquellos platos que nos iban trayendo y que los camareros dejaban sobre la mesa sin el menor ruido, como si fueran las alas de una enorme mariposa. Probé el vino, sólo una pizca, y desde entonces hasta el final estuve flotando. Se nota que este André es un hombre de mundo, y que está acostumbrado a tratar a toda clase de gente y a hacer que se sienta bien. Supongo que también está acostumbrado a tratar con montañas de chicas, actrices y modelos y todo lo que le echen. Siempre mantiene la distancia correcta y está pendiente de ti sin pasarse ni hacerse empalagoso. En algún momento de esa cena, a vosotras puedo decíroslo, se me ocurrió que era una lástima que hubiera tantos años entre los dos. O bueno, no sé si tantos. Debe andar por los cuarenta, ¿son demasiados veinticinco años? En fin, todo esto son tonterías mías, haced como si no las hubierais leído. Ni por asomo intentó nada. Acabamos pronto, me llevó a casa y antes de irse me aconsejó que durmiera todo lo que pudiera, para estar fresca al día siguiente y empezar con buen pie el trabajo.

El trabajo, por ahora, consiste en que nos sentamos todos juntos con el guión y lo repasamos una y otra vez, tratando de darle a cada secuencia el tono exacto que André tiene en la cabeza. Como saben que de momento yo me apaño regular con el francés, me han hecho una traducción al español para mí sola. Ellos leen sus papeles en francés y yo el mío en español. Dice André que así comprendo bien lo que habla y lo que siente mi personaje y soy capaz de interiorizarlo más, que según él es el objetivo principal de este trabajo previo. Cuando rodemos tendré que hablar en francés, como los demás, y aunque a mí me aterroriza el mal acento que tengo, André dice que no me preocupe. Mi personaje no es una francesa, sino una española, precisamente, y no importa que se le note al hablar que es extranjera. Es más, quiere que se le note, y según él se trata de trabajar el tono justo para que los franceses me entiendan y al mismo tiempo les llame la atención mi acento español. Ese acento tiene un atractivo para el oído de los franceses, cree él, que con mi timbre de voz puede ser un gancho muy fuerte para el personaje. Es increíble la cantidad de detalles que tiene este hombre en mente, todo el tiempo. Una ve una película en la pantalla y se cree que la gente que aparece ahí se ha juntado un rato, ha recitado los papeles que se había aprendido un poco antes y se ha ido sin más a cambiarse de ropa y seguir con su vida. En las otras películas salía tan poco y tenía tan poco que hacer que apenas me daba cuenta de toda la elaboración. Y me temo que los directores españoles con los que trabajé no eran ni mucho menos tan meticulosos como éste. Allí todo se hacía un poco de cualquier manera. Pero en esta película no creo que vaya a quedar ni un solo detalle al azar.

Los actores con los que voy a trabajar también son muy serios. Todos son franceses menos una, que es española y hace de mi madre en la película. Se llama Sara y no es una actriz muy conocida, por lo menos yo no la había visto nunca. Su papel es más bien corto y la verdad es que tiene poco peso en la historia. Para ser la única compatriota, tampoco os creáis que me trata con especial amabilidad. El primer día unas sonrisitas forzadas, sí, pero desde entonces no me ha prestado la menor atención. Ni siquiera para interesarse por cómo me va en mi primera experiencia de vivir fuera de casa, y nada menos que en París. De hecho, la mayor parte del tiempo me rehúye, como si le hubiera hecho algo. Yo creo que he intentado caerle bien, pero por alguna razón no lo he conseguido. De los franceses, nueve o diez en total, hay tres que son los que tienen más intervención en la historia. Por un lado está Chantal, que interpreta a la madre del chico, para mi gusto uno de los personajes más bonitos de la película. Chantal tiene cuarenta y tantos años, una cara preciosa y un aire muy dulce. Pero es una estirada y una endiosada de narices, con la que apenas cruzo los buenos días y las líneas de diálogo que nos corresponde intercambiar según el guión. Todos se mantienen a una prudente distancia de ella, y ella no parece ver a nadie más que a André (tampoco siempre). Según me han dicho, es una gran estrella del cine francés, con más de cuarenta películas a las espaldas y una reputación terrorífica. Otro actor importante es Michel, que interpreta al chico. Es el tío más guapo que he visto en mi vida, y también uno de los más imbéciles. Se mira en todos los espejos junto a los que pasa, y de vez en cuando se te queda observando fijamente como esperando a que te desmayes. Me da rabia no saber todavía el suficiente francés para meterle un corte, aunque por otra parte pienso que tampoco es cuestión de andar alborotando a la primera de cambio. Habrá que aguantarle como es, pasando todo lo que se pueda de su rollo de tipo irresistible. Pero a veces, para desahogarme, murmuro entre dientes alguna palabra en español, del que no entiende ni jota. Así, mientras él me mira todo seductor, yo le llamo capullo o soplagaitas.

A estas alturas os diréis que menuda tropa y que vaya mala suerte que he tenido con mis compañeros. Pero por *fortuna hay otra gente. Entre los actores secundarios hay sobre todo una, Valérie, que interpreta a la madre de la otra chica y que nos hace un poco de madre a todos los actores jóvenes, sobre todo a mí, que soy desde luego la más desvalida. Habla muy mal el español, pero así y todo se esfuerza y siempre tiene un rato para preguntarme por cómo me va y cómo me encuentro. El primer día me dijo que cualquier cosa que necesitara no tenía nada más que pedírsela, a cualquier hora y con toda confianza, y me dio el teléfono de su casa de París. Me dijo que ella también había tenido que abandonar joven su casa para vivir en una ciudad extraña, y que sabía lo dura que era esa situación y lo sola que a veces se sentía una. Es una de esas personas con las que tomas confianza en seguida, y con las que sientes que puedes compartir sin reservas tus problemas.*

Y por último (aunque no por dejarla para el final la hago de menos, sino al revés) está Ariane, que es mi compañera de piso y la otra actriz principal. Interpreta a la chica que es mi amiga y a la vez mi rival por el amor del chico en la película. Habéis visto fotos de ella, así que no os la tengo que describir. Quizá puedo añadir que lleva ahora el pelo más corto (lo tiene oscuro, muy liso y siempre resplandeciente) y que al natural es aún más pecosa que en las fotografías. Eso te produce una sensación rara, porque las pecas le dan un aspecto infantil que se ve desmentido continuamente por la fuerza y el brillo de su mirada. Es una mirada que te cuesta sostener: casi todo el rato te busca los ojos, como para desafiarte. Yo creo que lo hace sin querer, o sin darse cuenta de que nadie puede aceptar así como así ese desafío suyo. Ariane tiene una voz grave y habla un español casi perfecto, aunque a veces duda con las eses y las zetas. Suelta unas erres rotundas, como casi ningún francés es capaz de decirlas. Aparte de haber estudiado español en el colegio, resulta que se apellida Martínez (por cierto, que ellos lo escriben sin acento y lo pronuncian Magtinés).

Según me ha contado, su bisabuelo era un exiliado español, uno de los que en la Guerra Civil lucharon del lado de la República y tuvieron que escapar a Francia al final. Por lo visto, el hombre se murió antes de que ella naciera y sin volver a ver España.

A Ariane la conocí el mismo día que llegué. Ella ya estaba instalada en el apartamento, así que fue quien me lo enseñó. Me explicó que llevaba allí dos días y que por eso había tenido que escoger un cuarto. A renglón seguido, y quizá porque en su condición de francesa se sentía obligada en cierto modo a ejercer de anfitriona, me dijo que si su habitación era la que más me gustaba, no le costaba nada desalojarla y cedérmela. Yo pensé que sí, que era la que más me gustaba, pero no quise empezar nuestra relación pidiéndole que moviera todos sus trastos. Me cogí el otro dormitorio, que tampoco está mal, y luego, mientras guardaba la ropa, me quedé un rato dándole vueltas a su proposición. Por un lado, sí, era como si me diera preferencia, aunque no tuviera ninguna obligación de hacerlo. Pero por otro, me había planteado la elección de forma que yo tuviera que renunciar a tener la mejor habitación y me viera forzada a aceptar la otra, si no quería resultar antipática. O a lo mejor me estaba probando, y lo que quería era descubrir hasta dónde llegaba mi egoísmo. En todo caso, estoy segura de que si le hubiera pedido que se cambiara, lo habría hecho sin rechistar.

El primer día se notaba precaución por su parte, y supongo que también por la mía. Su trato era educado, pero al mismo tiempo me estudiaba y me imagino que trataba de averiguar con qué clase de persona le iba a tocar convivir. Sin embargo, en algo sí que fue muy clara desde el principio: teníamos que organizarnos para mantener la casa en condiciones y repartir equitativamente las cargas domésticas. Y me preguntó de un modo un poco brusco qué era lo que sabía hacer. Cuando le dije que más o menos todo, desde planchar hasta meterme en la cocina, me soltó, aliviada:

—Menos mal. Me ponen frenética las princesitas. Podemos establecer un turno para cada cosa, y así cuesta mucho menos.

Desde entonces hemos ido congeniando bastante rápido, más de lo que yo esperaba así a primera vista. Es una persona un poco especial y nunca terminas de saber lo que está pensando, pero no me preguntéis cómo, me he ido acostumbrando a su carácter. Incluso a lo destructiva que suele ser en sus observaciones. En eso me recuerda a ti, Irene. No es nada agresiva conmigo, y hasta podría decirse que es bastante atenta, ya desde aquel detalle de ofrecerme su habitación; pero sobre todo lo demás tiene una opinión demoledora. Por ejemplo, sobre el mismo París. El primer día, cuando se me ocurrió decir que era una ciudad fascinante, me respondió:

—Sí. La lástima es que esté lleno de parisinos, y que te juegues la vida cada vez que cruzas una calle, y que la mayoría de los días el cielo sea una panza de burro que te aplasta como una cucaracha contra el suelo.

Según ella, Toulouse, su ciudad, es mucho mejor, porque es más pequeña, pero tiene gente más hospitalaria, por las calles y las plazas se puede pasear tranquilamente y hace sol y una temperatura agradable muchos más días al año. Yo le digo que, aunque también yo estoy más acostumbrada al sol que a la lluvia, no dejo de verle el encanto a París, que es un encanto diferente, pero innegable. Entonces ella me mira y concluye, risueña:

—Qué buena invitada eres, Silvia. Pero yo soy francesa y no tengo la obligación de perdonar nada. O será que lo he sufrido más.

Otro asunto sobre el que los comentarios de Ariane resultan temibles es el cine. A los dos o tres días de conocernos, mientras esperábamos a que vinieran a recogernos para ir a ensayar, se me ocurrió decirle que me parecía que teníamos mucha suerte al poder trabajar en lo que trabajá-

*bamos. Ariane me observó de reojo, se encogió de hombros
y dijo:*

*—Sí, el cine es estupendo. Ganas mucha pasta, viajas
con los gastos pagados y todo el mundo te hace la pelota.
Mientras les interesa y para lo que les interesa. Cuando no,
te pegan la patada y a buscar a otra niña mona. Son todos
una pandilla de hijos de perra obsesionados por el éxito.*

*Comprenderéis que sus palabras me dejaron desarmada.
Estuve a punto de preguntarle que por qué se dedicaba ella
al cine, entonces, pero me pareció que no nos conocíamos lo
suficiente como para iniciar esa conversación. La dejé ahí y
preferí suponer que aquella mañana se había levantado con
el pie izquierdo. Por lo demás, en el trabajo, y aquel día no
fue una excepción, Ariane es tan buena y se esfuerza tanto
como los otros. O más.*

*En fin, creo que esta carta ya se me ha alargado bastan-
te, y tampoco quiero aburriros. Son más de las doce de la
noche y mañana tengo que madrugar. Por la ventana de mi
cuarto, donde os escribo, veo al fondo la iglesia de la Madeleine, que es como un templo clásico rodeado de columnas.
Está bañada en luz, como toda la ciudad, a todas horas. La
luz bajo la que os echo de menos y me despido con todo el
cariño que es vuestro.*

6

Un tajo en la muñeca

París, 25 de octubre
Queridas ambas:
   La vida sigue por aquí bastante ajetreada. Me llegó vuestra primera carta y me hizo mucha ilusión poder leer noticias de allí. Ahora que ya llevo aquí más de dos semanas empiezo a darme cuenta de lo que significa estar lejos. A veces me sorprendo pensando extasiada en cosas de Getafe y de España que nunca pensé que me importaran tanto. Por ejemplo, el otro día me entraron unas ganas bárbaras de tomarme una ración de oreja a la plancha. La oreja nunca me ha entusiasmado, pero de pronto, al percatarme de que aquí no hay manera de tomarla, se me antojó como un manjar de dioses. Esto es lo de menos, naturalmente. Sobre todo os añoro a vosotras, a mi familia y también el idioma, aunque para eso al menos tengo a Ariane. Esto de sentirte fuera de tu lugar es terrible. Hasta recuerdo con cariño los estúpidos concursos que ponen allí en la tele. Algunas noches convenzo a Ariane para que me deje sintonizar el canal internacional de la televisión española. Tiene una programación espeluznante, sobre todo esos concursos, pero me deja verlos sin protestar ni ejercitar su ironía siempre afilada con ellos. Nota que me sirven para com-

pensar la nostalgia, y hasta se esfuerza por aparentar que le interesan para practicar su castellano.

Me deja patidifusa lo que me contáis del zopenco de Gonzalo. Me había quedado en la memoria una imagen más o menos entrañable de él, pero definitivamente es un caso perdido. Lo único que lamento es que al final conseguirá engatusar a alguna despistada y que la pobre tendrá que soportarlo. ¿Os lo imagináis con cincuenta años, peinándose cuidadosamente los tres pelos teñidos para taparse la calva, metiendo tripa y creyéndose todavía el rey del mambo? Oh, Dios, es demasiado deprimente.

Quedan tres días para empezar el rodaje y la actividad es bastante febril. Los ensayos que hacemos ahora son sesiones de un montón de horas, y todos acabamos tan cansados que hasta André, que siempre lo lleva todo controlado y parece tener una reserva inagotable de paciencia, termina por estallar. Por fortuna, nunca conmigo. A los cuatro actores principales (lo que incluye también a Ariane, Michel y Chantal) nos trata con una delicadeza a prueba de bombas. Hoy, por ejemplo, la que le ha sacado de quicio es Sara, la otra española. La verdad es que se la veía todo el rato distraída y que se ha equivocado varias veces. En una de ésas, André, sin poder aguantarse más, le ha pedido a voces que se fuera a pasear bajo la lluvia durante media hora y que le hiciera el favor de regresar con la cabeza limpia. Y si no, que también regresara, pero a Madrid. Luego se ha vuelto hacia mí con una sonrisa forzada, no sé si para evitar que creyera que se metía con Sara por ser madrileña, como yo. En ese momento no he sabido qué hacer ni decir, y mucho menos cuando he visto los ojos de Sara clavados en mí como si quisieran atravesarme. Una vez que ella se ha ido, me he acordado de todas las escenas en las que tiene que hacer que es mi amante madre, y he pensado para mis adentros que esto del cine es un montaje bien complicado. Lo mismo me pasa con Chantal, que normalmente me mira como si yo oliera a podrido, pero que cuando le toca ensayar una secuencia en la que tiene que decirme que le gustaría que yo me casara con su hijo, es capaz de mirarme como si tuviera delante a alguien por quien sintiera veneración. De lo que no cabe duda es de que todos, incluido el presuntuoso de Michel, son unos actores formidables, capaces de fingir cualquier cosa que se les pida. A su lado yo me siento una pardilla integral. Lo único que hago es actuar como yo actuaría en las situaciones que se plantean en el guión. Pero bueno, eso es lo que me dice André que debo hacer, y parece que está contento con mi trabajo. Apenas me corrige, no como a Ariane. A ella, aunque la respeta y casi la teme, siempre le pide que mejore tal o cual detalle. Y la pica:

—Tienes que exigirte más. Tú lo sabes hacer mejor todavía.

Ariane no le dice ni que sí ni que no a nada, pero vuelve a intentarlo y es verdad, cada vez lo hace un poco mejor. Es como si entre ellos hubiera una comunicación sin palabras que los demás no podemos captar.

No sé si os estaré aburriendo con todos estos asuntos, pero lo cierto es que el trabajo me tiene un poco agobiada últimamente. Para colmo de dificultad, desde hace un par de días estoy ensayando mi papel en francés y eso me exige doble esfuerzo. Por la mañana, el ensayo con los demás, y por la tarde, repaso de todas las frases con Odile, la profesora. Algunas me obliga a repetirlas cincuenta veces, porque hago sonar al final de una palabra una consonante que no suena o porque la entonación no es la que debería ser. Yo le pongo mi mejor voluntad, pero a veces me bloqueo y no hay manera. Entonces Odile empieza a rascarse la nariz alrededor del piercing, lo que intuyo que significa que está nerviosa y que le gustaría pegarme un grito. Pero no puede hacerlo, porque yo soy la protagonista de la película y si no me sale la frase no va a ser culpa mía sino suya. Entonces me esfuerzo en escucharla con toda mi atención y en conseguir la pronunciación más perfecta. Si Odile pudiera gritarme o echarme la culpa, supongo que alguna de estas tardes habría mandado el francés y las frases y la pronunciación a la mierda. Pero sé que con el dinero que le dan por enseñarme paga la buhardilla donde vive y que hay meses que se las ve negras para llegar a cubrir sus gastos. Si al final consigo aprender a decir las dichosas frases como Dios manda, se lo tendré que agradecer para siempre a Odile y a sus apuros económicos.

De quien me estoy haciendo cada vez más amiga es de mi compañera de apartamento. Pese a su lengua venenosa, su mente insondable y su escepticismo corrosivo frente a todo lo que la rodea, es una tía estupenda y una colega de primera. En la intendencia doméstica nos entendemos maravillosamente. Tenemos el apartamento como un san Luis y sin necesidad de que ninguna se agobie lo más mínimo. Ninguna se escaquea nunca de nada, tampoco. En cuanto a Ariane, además de limpia, es tan ordenada que casi llega a resultar un poco maniática. También es una virtuosa cocinando. Si algún día terminamos a tiempo, sale a comprar algo en las tiendas que todavía están abiertas y prepara recetas de su abuela, de su madre, o simplemente otras que busca en libros o revistas y que ella ha variado a su gusto. Algunas me las enseña, y mientras te está dando las explicaciones parece otra persona, por el mimo que pone en sus manejos culinarios. Quizá, se me ha ocurrido pensar, está entonces más cerca de su verdadera personalidad que cuando se esfuerza por parecer una cínica implacable.

A pesar de todo, sigue dando muestras de su carácter. Desde hace una semana salgo todas las mañanas a correr con ella. Lo hace pase lo que pase, lo mismo si el día está soportable como si llueve a cántaros. Cuando le pregunté de dónde sacaba esa fuerza de voluntad, me respondió:

—Tengo una ligera tendencia a echar culo, como todas las mujeres de mi familia. Así que cuido la dieta y me lo castigo corriendo. No es porque me guste correr, que más bien lo odio. Pero en este negocio en el que estamos una culona dura menos que un helado en una barbacoa.

Fue entonces cuando le propuse salir a correr con ella.

—¿Por qué? ¿Tú también tienes tendencia? —me preguntó.

—No —le contesté.

—¿Eres masoquista, entonces?

—Tampoco. Pero creo que nunca está de más hacer ejercicio.

—Qué ideas más curiosas tienes —opinó, como si yo estuviera loca.

Aunque pueda parecer lo contrario, a Ariane no le importaba que saliera a correr con ella. Incluso me dijo que si me empeñaba en ir a ella le venía bien, porque así al menos tenía alguien con quien hablar y se le hacía menos largo. Lo que no me dijo fue el recorrido que se había impuesto, una barbaridad que por poco me revienta la primera mañana. Desde donde vivimos bajamos hasta las Tullerías, que son unos jardines que se extienden desde la plaza de la Concordia, donde está el obelisco, hasta el Louvre. Recorrimos las Tullerías hasta el final, rodeamos el museo y volvimos. En total, unos cinco kilómetros. Yo llegué con el hígado fuera y ella tan fresca, charlando por los codos. Ahora empiezan a quitárseme las agujetas y ya voy siendo capaz de hacer el circuito sin terminar al borde del colapso. Pero sólo a condición de ir muy concentrada en la respiración y no responder a nada de lo que ella me dice. Tampoco parece Ariane contar con que lo haga.

Al margen de la fatiga, es una bonita carrera, y un privilegio poder hacerla todas las mañanas. Sobre todo cuando no llueve. Los jardines son espléndidos y a esa hora hay muy poca gente. La mitad del tiempo vas corriendo hacia el Louvre. Los edificios que lo componen los han restaurado hace poco y resultan impresionantes bajo el cielo gris de

París. En la explanada que tiene en el centro hay una gran pirámide de cristal que se llena de destellos con la primera luz de la mañana. A la vuelta corremos hacia el obelisco, con la torre Eiffel al fondo a la izquierda, recortando su puntiaguda silueta sobre el horizonte. Es un espectáculo majestuoso. Me parece que las ciudades no tienen mejor momento que ése, poco después del amanecer, cuando empiezan a desperezarse, pero todavía no les ha dado tiempo a ponerse el rostro atareado que enseñan durante la jornada. Por lo menos, la imagen que ahora prefiero de París es la que encuentro cada mañana durante mi carrera con Ariane. Incluso ella, siempre reacia a dejarse admirar por nada, va mirando a izquierda y derecha con una delectación que no puede disimular. El otro día se vio obligada a reconocerlo. A la vuelta nos desviamos hacia la izquierda y salimos de los jardines para correr por la ribera del río. Ariane no apartaba la vista de la corriente.

—Este maldito río tiene algo que no tiene el de mi ciudad —dijo—. Será por el cauce que le han hecho para domesticarlo. O por los puentes.

Es verdad que los puentes sobre el Sena llaman la atención. Sobre todo a mí me gustan tres: uno que llaman Pont de l'Alma (acentuando la segunda a, Almá), otro que llaman Pont Neuf (o puente nuevo, aunque tiene una pila de siglos), y el que más, el Pont des Arts, que es de madera y sólo pueden cruzarlo los peatones. El fin de semana pasado pude verlos todos por primera vez con cierto detenimiento. El sábado hizo más o menos buen tiempo y Ariane propuso que fuéramos a dar una vuelta juntas. Nos pegamos una buena caminata, hasta las dos islas que hay en medio del río, la de San Luis y la de la Cité. Fuimos a ver la catedral de Notre-Dame, que yo quería visitar, y a sugerencia de Ariane otra iglesia de la que no había oído hablar nunca, la Sainte Chapelle. Notre-Dame no está mal, aunque ya la has visto en fotografías y películas y apenas te sorprende.

Pero la otra, la Sainte Chapelle, aunque es mucho más pequeña, casi te quita el aliento. Tiene unas vidrieras de colores en las paredes que le dan al interior una atmósfera encantada. La gente se ve obligada a hablar bajando la voz, lo que no pasa en la catedral. Ariane, al ver el impacto que me causaba, me susurró al oído:

—Esto es lo más antiguo y lo mejor de París. Casi todo lo de alrededor es pura ostentación. Por culpa del pirado de Napoleón y de sus delirios de grandeza, que este país nunca se ha quitado del todo de encima.

—Este país es tu país —le recordé.

—No —respondió—. Yo no tengo más país que el que siento aquí dentro —se puso la mano sobre el pecho—. Y mi país no tiene bandera, ni himno, ni héroes, ni fronteras. Tiene el color de esos cristales y la luz del sol, y llega hasta cualquier sitio al que voy y acoge a cualquier persona que me gusta. Sin ir más lejos, tú estás empezando a formar parte de él.

Lo dijo así, sin más, y sin que le cambiara la expresión del rostro. Supongo que ése es el tipo de cosas que yo me pensaría mucho antes de decir, si es que alguna vez se me ocurren. Pero Ariane no. Es como si se tuviera prohibido aceptar los remilgos y las inhibiciones que tenemos las demás personas. Parece que su principal empeño en la vida es ser singular, no dejarse meter en el saco junto a otros y seguir siempre su propio camino, aunque sea sola, aunque nadie le tenga simpatía jamás. Tampoco parece buscarla, ni buscaba la mía, seguramente, cuando me dijo aquello.

Pienso en lo que acabo de escribiros y en algo que hablamos ella y yo, la misma tarde del sábado, y me entra la duda de si esa sensación que da, de estar preparada para vivir sin ayuda de nadie, es tan verdadera como intenta hacer ver con su comportamiento. Al menos, nuestra conversación de esa tarde me obliga a sospechar que no siempre ha sido así.

En el camino de regreso desde la Sainte Chapelle, nos detuvimos precisamente en el Pont des Arts. La temperatura era agradable, no demasiado fría, y en el puente había bastante animación: músicos, vendedores de baratijas, algún mimo y grupos de gente sentada apaciblemente sobre el suelo de tablas. Tan cansadas estábamos, después de la paliza de andar que nos habíamos dado, que cuando Ariane propuso que nos sentáramos allí mismo, acepté al instante. Buscamos un lugar retirado, junto a una de las barandillas laterales del puente. Durante un rato, las dos estuvimos calladas, viendo pasar el agua bajo nosotras. Caía la tarde y resultaba relajante quedarse absorta en la corriente que no paraba de fluir. Estar sentada allí, en el suelo, sobre aquella madera antigua y cálida, era como una especie de compensación por la actividad frenética de la semana, los ensayos interminables, mis sudores con el francés, los nervios de todos. Cerca de donde estábamos nosotras alguien tocaba una suave melodía al violín.

—Si volviera a nacer, me gustaría saber tocar ese trasto —dijo Ariane.

—Todavía puedes aprender —sugerí.

—No, ya no. Tienes que estudiarlo desde muy pequeña, para que tus dedos y tu cerebro crezcan acostumbrándose al instrumento. Si no, sólo puedes hacer como que lo tocas. Pero los verdaderos violinistas se ríen de ti. Hay cosas en la vida que no tienen vuelta de hoja. Tienen que ver con lo que eres y con lo que ya no vas a poder ser. Y hay que resignarse.

—Me extraña que digas eso —observé—. No me pareces muy resignada.

—¿Ah, no? Pues sí que lo soy. Me resigno a trabajar en el cine, por ejemplo, y a vivir aquí, aunque preferiría estar en otra parte.

—Cualquiera que te oyera pensaría que no hablas en serio. Trabajar en el cine es la ilusión de mucha gente. Y en mi barrio estaban todos alucinados por la suerte que tenía yo al venirme a vivir a París.

—Qué se le va a hacer —suspiró Ariane—. La vida está así de mal repartida. A mí el cine no me hace ninguna ilusión. Y París, menos aún.

Sentí que era el instante justo de hacerle la pregunta que días atrás, ante un comentario semejante, me había guardado por prudencia. Tenía curiosidad y no sabía cuánto tardaría en presentarse una oportunidad tan a propósito como la que ahora se me brindaba. Así que me lancé:

—¿Y por qué haces cine, entonces?

Ariane no contestó en seguida. Clavó en mí una de sus miradas intensas y profundas, como si buscara averiguar si le preguntaba aquello por puro chismorreo o por verdadero interés. Debió de parecerle lo segundo:

—Hago cine porque es lo que puedo hacer. Dicen que soy guapa y que la cámara me quiere. Yo no he pedido nacer así, pero así soy. Y ya que la cámara me quiere, como ellos dicen, pues me dejo querer. Es lo más fácil. Antes me empeñaba en hacer las cosas difíciles y no me servía para mucho. Siendo actriz, al menos no tengo que pensar en qué ocupar el tiempo. Ni siquiera en lo que tengo que hacer o decir. Me lo dan escrito en un papel, y yo me ajusto a lo que allí pone y a cambio me dan más dinero del que le dan a la mayoría de las personas que conozco. Para qué complicarse.

Sus palabras me hicieron reflexionar. Y dudé durante unos segundos, pero finalmente me atreví a decirle lo que me cruzaba por la cabeza:

—Es un poco triste pensar así con dieciocho años.

Ariane dibujó con los labios una sonrisa amarga.

—Puede ser. Tampoco eliges tú que lo que piensas sea triste o alegre. Te toca y hay que arreglarse con ello.

—Pero siempre hay que aspirar a más —protesté.

—A qué.

—Qué sé yo, a ser más feliz.

—Claro. Tú aspiras a ser más feliz con el cine, tal vez. Pues si es así —advirtió—, te recomiendo que te andes con mucho cuidado. Este mundo tan deslumbrante está lleno de trampas. Y en cuanto a mí, ¿quién te dice que no soy feliz? Soy muy feliz, porque estoy viva, porque hoy hace buen tiempo y porque la tarde se ha puesto preciosa y estoy aquí sentada mirándola contigo, que me caes bien. No por el cine. Qué es el cine.

No esperaba que yo respondiera a aquella última pregunta. Bien poco podía enseñarle yo a ella al respecto, por otra parte. Mientras Ariane hablaba, gesticulando mucho con las manos, me había fijado en algo que tenía en una muñeca. Se había echado hacia atrás la manga, dejando al descubierto lo que me pareció una especie de cicatriz, bastante aparatosa. No pude evitar que los ojos se me fueran una y otra vez a ella, y Ariane terminó dándose cuenta de la atención que yo le dedicaba a su antebrazo.

—¿Qué miras? ¿Esto? —preguntó, divertida, alzando la muñeca a la altura de mis ojos. Acto seguido me mostró la otra muñeca y mientras sostenía ambas en alto, casi juntas, añadió—: Tengo dos.

Tenía, en efecto, dos cicatrices, una en cada muñeca.

—¿Qué te pasó? —dije.

—No me pasó nada —respondió, sin perder la sonrisa—. Me las hice yo misma, con una cuchilla, cuando tenía trece años. A esa edad ya había rodado cinco películas y todos me envidiaban, pero mi vida me parecía insoportable. Salvé el pellejo, de milagro, y desde entonces soy una vieja.

No supe qué podía replicar a eso. ¿Qué habríais replicado vosotras? Debió de descomponérseme bastante el gesto, y Ariane lo vio:

—Eh, no pongas esa cara fúnebre. No se lo recomiendo a nadie, porque el susto que te llevas es morrocotudo, pero hacerse vieja de golpe tiene sus ventajas. Desde entonces, desde que vi cómo la sangre se me escapaba, sé lo que vale estar viva. Y con eso me basta. Cada mañana que me despierto y cada noche que me acuesto doy las gracias, porque he estado muerta y ahora no lo estoy. Cuando me siento mal, me miro el tajo de la muñeca y recuerdo lo que es estar mal de verdad. Y me animo en seguida. Pude quedarme allí, pero salí y aquí estoy. Ahora creo que llevar un tajo en la muñeca es como llevar un amuleto. O sea, que yo llevo dos. Ellos me ayudan a soportar el suplicio del cine. A ser feliz siempre, como te decía.

—Mira que eres rara —murmuré, sin poder contenerme.

—Tampoco te preocupes tanto, mujer. Aquello pasó. Te aseguro que no me encontrarás en la bañera con el agua teñida de rojo.

—Cómo puedes decir eso —me quejé, sobrecogida.

—Todo puede decirse. Pero no todo se puede hacer. Yo ya no podría. Y menos para darte un soponcio a ti, que eres una buena compañera.

Y se rió. En fin, ésta es la chica con la que vivo, y os lo cuento con todos estos detalles para que me comprendáis cuando os digo que es extraña, pero que a pesar de todo me cae bien y creo que puede llegar a ser una buena amiga. No entiendo su filosofía de la vida y creo que no quiero entenderla, ni mucho menos compartirla, pero no es lo peor que podría haberme tocado. Podría haber sido alguien como Chantal, que no me dirigiera la palabra. Imaginaos qué infierno vivir con alguien así. El caso es que estoy hecha polvo, pero sigo ilusionada, y juraría que Ariane también lo está, por mucho que despotrique. Creo que vamos a hacer una buena película.

No os entretengo más. Espero que sigáis bien. Un beso para las dos de vuestra amiga que os quiere siempre.

7

Haciendo magia

París, 31 de octubre
Queridas camaradas:
Bueno, ya estamos metidos en harina hasta las orejas.
Llevamos sólo unos días de rodaje, pero esto sí que es un
verdadero zafarrancho. Empezamos muy temprano por la
mañana y trabajamos sin parar hasta que se va la luz. Eso
suponiendo que en el plan de rodaje no esté previsto hacer
alguna de las escenas nocturnas, porque entonces hay que
seguir, aunque al día siguiente haya que volver a levantar-
se a las seis de la mañana igual.

Naturalmente, no estamos todos trabajando todo el tiempo, salvo André y los cámaras y los técnicos, que gastan ya
los pobres unas ojeras hasta los pies. Los actores nos vamos
alternando, en función de la secuencia que toca rodar. Si tú
no apareces en ella simplemente miras, lo que tampoco os
creáis que siempre resulta relajado. Por ejemplo, ayer tuvieron que hacer treinta y tantas tomas de una secuencia
en la que salían Ariane y Valérie, la señora tan simpática
de la que os hablaba en la primera carta. Por alguna razón,
a André no le gustaba cómo lo hacía ninguna de las dos.
Ariane, según él, parecía todo el rato ausente, y Valérie,
también según le reprochaba una y otra vez, no daba el tono

dramático de la situación. Ariane hizo las treinta y tantas repeticiones sin inmutarse, pero Valérie al final ya no daba pie con bola, y los que la estábamos viendo lo pasamos tan mal como ella. André terminó poniéndose muy nervioso, aunque para decirlo todo debo contaros también que cuando por fin salió la maldita secuencia se acercó a Valérie, le acarició la mejilla y le dio las gracias por el esfuerzo. La verdad es que a la pobre le hacía falta, porque estaba a punto de llorar.

Por lo que a mí me toca, no me está yendo nada mal. He hecho ya cinco secuencias, y la verdad es que puedo estar bastante satisfecha de mi trabajo. La primera que hice con Ariane salió espectacular, a la primera. Volvimos a rodarla por precaución, pero según André, la primera toma ya valía. La segunda que hicimos las dos nos llevó sólo tres tomas, que tampoco son demasiadas, y las dos que he hecho con mi madre en la ficción, Sara (la otra española), nos salieron a la cuarta o a la quinta. Ella estaba un poco tensa, pero se ve que es una buena profesional y también, dicho sea de paso, que ha tomado nota de las broncas que le echó André durante los ensayos. Lo más difícil hasta ahora ha sido una secuencia larga en la que estábamos Ariane, Chantal y yo. Tuvimos que hacerla diez veces, y al menos tres o cuatro me las cargué yo, porque se me atascaba una palabra del diálogo, hésitation, que es una manera enrevesada que tienen los franceses para decir lo que nosotros decimos con la palabra duda. Ariane, como en ella es habitual, repetía una y otra vez su trozo sin alterarse, pero Chantal, y eso que se supone que es la actriz más curtida de todas, se puso a rezongar desde la tercera repetición. Cuando lo hablan deprisa no es mucho lo que cojo del francés, pero distinguí que decía:

—Ah, la petite lourde espagnole!

Que quiere decir algo así como «la española lerdita» o la «lerda españolita», no lo tengo muy claro. En todo caso, ningún piropo, como podéis apreciar. La tercera vez que lo dijo estuve a punto de responderle algo, pero pensé que aquí soy forastera y que ella es una gloria del cine francés y preferí callarme. Aunque os juro que si sigue provocándome va a encontrarse con algo. Una es considerada y procura llevarse bien con los demás, pero tampoco es cosa de aguantarle a todo el mundo todas las gracias.

De todas formas, no es difícil comprender que Chantal se haya convertido en una persona insufrible, si lleva ya cuarenta rodajes como éste y una pila de años siendo estrella de la pantalla. Es algo espectacular cómo te tratan. Mejor que a una reina. Yo tengo una caravana para mí sola, que me sirve para cambiarme y también para descansar en los ratos muertos. Tengo una nevera propia, con toda clase de bebidas, y comida, y televisión, y hasta un aparato de música que no os podéis imaginar. La gente toca a la puerta antes de entrar y pide permiso a mademoiselle Sognosa, que es como me llaman los del equipo. La ropa me la hacen a medida y si hay algo que no termina de quedar perfecto se la llevan y la rehacen. Pero lo que más me gusta es que me maquillen: todas las mañanas, o antes de una secuencia concreta, me abandono en el sillón y me dejo hacer. Las maquilladoras tienen unas manos portentosas, y el masaje que te dan en la cara, especialmente en los párpados, es un placer celestial. A veces me quedo traspuesta en la sesión de maquillaje, hasta el punto de que tengo que hacer esfuerzos para despertarme después y recordar el trozo de papel que me toca decir.

En resumen, aquí es todo como en el rodaje de los anuncios o el de las dos películas en las que participé en España, pero a lo bestia. Tan a lo bestia que resulta, en el fondo, muy distinto. No había tenido nunca hasta ahora, tan clara y tan rotunda, la sensación de ser una estrella. En los anuncios, como en las sesiones fotográficas, sientes que eres el centro, pero sólo mientras te están apuntando con la cámara. Y ni siquiera todo ese rato, porque hay fotógrafos que te manejan como si fueras un muñeco: tuerce así la cabeza, ponte ahí, muévete allá, etcétera. En los otros trabajos que había hecho, siempre me sentía un poco como la niña vistosa que queda bien en la foto y poco más. Pero aquí es completamente diferente. Aquí eres la protagonista absoluta, y todos se preocupan de que estés a gusto, todo te lo ponen en bandeja, todo te lo piden con consideración. Ves que ellos están agobiados, que les está costando sangre y sudores, pero nunca dejan de llevarte a ti en palmitas. Tengo a ratos la sensación de que es injusto, de que no debería haber una raya como la que hay entre ellos y yo: a un lado, donde están ellos, el trabajo y el sufrimiento, y al otro, donde me toca estar a mí, todo facilidades y atenciones. Y encima a mí me pagan mucho mejor. Ellos trabajan como burros, y yo sólo pongo mi cara bonita y recito unas frases en francés, que nunca son demasiado largas. Tres líneas, todo lo más. Hay momentos, en el mullido asiento de mi caravana de estrella, en los que me siento culpable por eso. ¿Qué he hecho yo para merecer toda esta suerte? Y también a veces me da un poco de miedo. ¿Puede durar una suerte tan escandalosa? ¿Puede ser, siquiera? ¿Dónde está el fallo?

Anteanoche, al llegar a casa, estuve hablando de todo esto con Ariane. Me da un poco de prevención hacerlo, porque sé que ella tiene mucho más conocimiento de causa que yo, pero también que siempre que puede escoge la manera más sanguinaria de verlo todo. Sin embargo, sería por el cansancio de la jornada, estuvo relativamente moderada en sus juicios.

—No tienes que pedirle perdón a nadie —me dijo—. Si a ellos les dieran la oportunidad que tú tienes, se aprovecharían. Y si fueras tú la que las pasara canutas, la mayoría de ellos ni te vería sufrir. No te digo todos, siempre hay gente con corazón por ahí, de acuerdo: pero sí la mayoría.

Fíjate en los demás actores. ¿Cuántos crees tú que se preocupan por lo que padecen los del equipo? ¿A cuántos ves que los traten con un poco de amabilidad siquiera? En lo único que piensan es en el tamaño que tendrán en el cartel de la película las letras con las que pongan su nombre. He visto a gente pelearse como chacales por eso. Pero tú no tienes que preocuparte. Tu nombre irá en letras gordas. Y el mío también. Así que hala, a disfrutarlo.

A veces las ideas de Ariane son estrafalarias, pero otras veces están cargadas de sentido común. Me pareció que éste era el caso, o preferí verlo así porque lo que me decía calmaba mis remordimientos. Sin embargo, Ariane tiene la virtud de no resultar nunca del todo tranquilizadora. Antes de acostarnos, acordándose de lo que habíamos hablado, me soltó:

—Sobre lo de antes, sólo te doy un consejo, si te sirve: nunca dejes que este circo te convierta en una arpía egoísta como Chantal. Si no es sano estar atormentándote todo el rato, tampoco lo es vivir convencida de que el resto de la humanidad tiene que besarte los pies. Esa mujer, ahí donde la ves, es una desgraciada. Es verdad que tú y yo y ella hemos tenido suerte, pero también es verdad que la suerte puede estropearse. Y esa idiota, con toda su fama y todo su dinero, se la ha estropeado hasta el fondo.

—No hacía falta que me advirtieras —protesté—. Chantal me cae como una patada en la boca. No se me había ocurrido imitarla.

—No creas que siempre te vas a dar cuenta de todo. A veces la suerte se te rompe y no sabes cómo ha sido. Te lo digo yo, que algo sé del asunto.

Y me enseñó el tajo de una de sus muñecas. Luego tuve una pesadilla con eso, por cierto. Vivir con Ariane es algo muy interesante, no me cabe ninguna duda, pero también presenta sus inconvenientes...

1 de noviembre

Anoche me pudo el sueño y dejé la carta a medias. La continúo ahora, un poco más fresca que entonces, aunque todavía arrebatada por la fantástica experiencia que acabo de vivir hace apenas un rato.

Antes de entrar en eso, sin embargo, acabo de releer la carta y veo que he sido bastante grosera. Sólo os hablo de mí y de mis cosas, y se me olvidaba preguntaros cómo va todo por allí: si tenéis algún nuevo disparate de Gonzalo que contarme, si soportáis estoicamente las clases, si a estas alturas estáis o no estáis arrepentidas de haber elegido Ciencias, con las dudas que teníamos. En realidad esto último me interesa mucho, porque no he cogido un libro, pero tendré que hacerlo tarde o temprano. A veces, por cierto, sueño con exámenes y problemas de Matemáticas que soy incapaz de resolver y me entra una angustia terrible. Al profesor particular que supuestamente iba a ponerme aquí la productora, para ayudarme a preparar las asignaturas más difíciles, todavía no le he visto el pelo. A mí, como comprenderéis estupendamente, me daba pereza preguntar por él (se vive tan a gusto sin estudiar...), pero mi madre habló el otro día por teléfono con André y él le prometió que antes de que acabara el primer trimestre empezaría en serio con las clases. Durante este mes le pidió permiso a mi madre para concentrarnos al cien por cien en el rodaje, y por suerte a ella no le pareció mal. Si además de la paliza del trabajo y del francés tuviera que estudiar, no sé cómo iba a dar abasto. Lo malo es que te acostumbras y supongo que cuando vuelva a verme delante de un libro va a ser un trauma.

En fin, me permitiréis que me olvide un momento de estas cuestiones horrorosas y que os cuente lo de esta noche, que ha sido una de las más bonitas de mi vida. Teníamos previsto rodar una escena nocturna, nada menos que en los Campos Elíseos, o les Champs Élysées, como los llaman ellos. Ya sabéis: la avenida esa amplia que sale siempre en la última etapa del Tour de Francia, con el Arco del Triunfo al fondo. De día la avenida está bien, pero de noche resulta sencillamente magnífica, con todas las luces de los coches que van y vienen y el Arco del Triunfo iluminado y casi flotando al final. Será un resto de la megalomanía napoleónica, como dice Ariane (de hecho, en el arco están grabados los nombres de todas las batallas que ganó Napoleón, varias de ellas en España), pero la imagen es una maravilla, una de esas que te hacen sentir que el simple hecho de estar en París es como un sueño, aunque no pase nada ni hagas nada en especial.

Lo de esta noche, sin embargo, sí que ha sido especial. La protagonista indiscutible de la escena que había que rodar era yo, aunque al final me terminaba encontrando con el chico, o sea, con mi bello y queridísimo Michel. El vestuario estaba cuidadosamente elegido, un conjunto de lo más elegante, con una gabardina color hueso y un gorro de piel, y las maquilladoras han tardado más que nunca en terminar su tarea. Cuando me he mirado en el espejo, me he visto tan guapa como no me había visto en la vida. Y he tenido una sensación increíble, que tengo muy pocas veces o que quizá no había tenido hasta ahora con tanta intensidad: la de que era capaz de deslumbrar a cualquiera que se me pusiera delante. Era una sensación a la vez de peligro, como si estuviera jugando con dinamita, y de seguridad absoluta, porque sabía que nada iba a fallar. Un par de minutos más tarde, delante ya de la cámara, la sensación se hizo aún más fuerte.

La noche era ideal. Sobre nuestras cabezas un cielo lechoso, por el reflejo de las luces de la ciudad en las nubes. En la cara una brisa fresca, que no fría, y ni una gota de lluvia, aunque había llovido durante toda la tarde y el suelo estaba húmedo. Lo que yo tenía que hacer no era muy complicado, pero en el cine no hay nada que no tenga su dificultad. *Se trataba de venir andando por la avenida, una toma bastante larga, o mejor dicho varias tomas (desde cerca y desde lejos). Y para terminar, un encuentro con Michel, a quien vengo buscando y al que encuentro sentado en un banco al final de la avenida. Cruzamos unas frases y después yo sigo mi camino, aunque debo dar la impresión de que en realidad me gustaría quedarme con él. Es un pasaje crucial en la película. Es el momento en que Michel (quiero decir su personaje) se enamora de mí (quiero decir de mi personaje).*

Cuando André dijo «acción», simplemente me abandoné. Me dejé llevar por el ambiente y por el resplandor de la ciudad. Era como si París fuera sólo mío, como si lo hubieran puesto allí para que yo paseara por él. Mientras caminaba, noté con toda claridad la magia del instante, y noté que aquella magia la estaba haciendo yo. O quizá yo sólo era una parte, o el instrumento de un mago que era el que nos manejaba a todos. No sé, no puedo explicarlo bien. El caso es que fuimos empalmando las diversas tomas, sin repetir ninguna, y que nadie en el equipo, aparte de André para dar las órdenes que había que dar cada vez, abrió la boca en todo el rato. Luego vino la escena con Michel, que hice como sonámbula, sintiendo que mi lengua decía sola las frases del guión y que yo podía escucharla desde fuera, con la certeza de que no se equivocaría en una sola sílaba. Veía la cara de Michel, por primera vez pendiente de algo que no era él mismo, y me di el gustazo de saberlo, de darme cuenta que no sólo estaba enamorando a su personaje, sino alucinándolo a él. Qué cara de bobo, queridas.

Al fin se oyó la voz de André, «corten». Pero me costó un rato salir del trance. Volví a oír a André, que se me acercaba y decía:

—Ma chère Sylvie, tu es vraiment un ange.

Fue como una caricia oírle llamarme Sylvie, *en francés. Lo demás me da un poco de vergüenza traducirlo, pero creo* que lo podréis descifrar. En ese momento toda la gente del equipo se puso a aplaudir, y ya os podéis imaginar mi sonrojo. A Michel, naturalmente, le hizo mucha menos gracia, porque estaba demasiado claro que los aplausos no eran para él.

Me habría gustado parar ahí la imagen. En medio de los Campos Elíseos, de la luz, de París. Sintiéndome capaz de cualquier cosa, fuerte y radiante y mágica. Sólo había algo que echaba de menos: que vosotras no estuvierais allí, para compartir mi felicidad. Cuando iba a cambiarme, me crucé con Ariane. Sonreía y me dijo, con un calor inusual en ella:

—Me rindo. El chico es tuyo.

Se refería al personaje, claro, porque a ella el cretino de Michel le importa todavía menos que a mí. En fin, es hora de apagar. Ahora sólo queda un hermoso recuerdo. Como el que tengo de vosotras, siempre.

8

Un latigazo de hielo

Después de la tercera, no volvimos a recibir cartas
de Silvia. Las semanas de noviembre fueron pasando, mientras el tiempo se hacía más frío y más
gris, y tanto Irene como yo vivimos aquella falta de
noticias de nuestra amiga primero con asombro y después con preocupación. Sobre todo cuando llegó diciembre y siguieron transcurriendo los días, ya casi
invernales, sin que hubiera novedad. Cuando se cumplió un mes desde la llegada de la última carta, deci-
dimos que estaba justificado investigar aquello, y se
nos ocurrió hacerlo de la forma más sencilla y natural. Aunque no teníamos demasiada confianza con
sus padres, alguna vez los habíamos visto y supusi-
mos que no habría nada de malo en ir a preguntarles
por ella.

Para conseguir encontrarlos en casa tuvimos que
ir por la noche, porque los dos, y ésa era la razón por
la que no los habíamos podido tratar mucho, trabaja-
ban en Madrid y solían regresar tarde. La puerta del
piso nos la abrió su madre, una señora bastante atractiva que como siempre nos recordó mucho a Silvia. El
parecido era tanto, y hacía tanto tiempo que no veía-

mos a nuestra amiga, que al principio la sensación se nos hizo muy rara. La madre de Silvia nos dijo que pasáramos y después de preguntarnos cómo estábamos y todas las demás cortesías de rigor (pese al cansancio que asomaba a su cara tras la larga jornada de trabajo) quiso saber qué nos llevaba allí.

Tomó la iniciativa Irene y le explicó que hacía tiempo que no recibíamos carta de Silvia. Que al principio nos escribía muy seguido y que por eso nos chocaba más aquel silencio. Le pidió disculpas por ir allí tan tarde, pero estábamos preocupadas y éramos sus mejores amigas, así que no podíamos dejar de intentar saber si estaba bien o mal. La madre de Silvia la escuchó pacientemente, manteniendo alzados con esfuerzo los párpados, que tendían a cerrársele como si le escocieran los ojos. Después, nos informó:

—Hablo con ella todos los días. Está muy bien. Ahora tiene mucho trabajo, porque ya queda poco para terminar el rodaje y por lo visto éste es el peor momento. Me imagino que es por eso por lo que no os escribe.

—Pero, ¿de verdad que está bien? —pregunté.

La madre de Silvia me observó de una forma extraña, como si no acabara de comprender aquella ansiedad nuestra, o como si buscara en su memoria, mientras me miraba, algún indicio intranquilizador. Al fin repuso:

—Sí. A mí me parece desde luego que sí. Por el teléfono suena animada, como siempre. Y cuando le pregunto me dice que todo es como un sueño y que nunca había vivido tantas cosas en un tiempo tan corto. Que cuando piensa en Getafe le parece un lugar muy lejano.

Irene y yo nos miramos de reojo. Todavía estuvimos charlando durante otro par de minutos con la madre de Silvia. A continuación rechazamos el zumo que nos ofreció amablemente y nos dispusimos a quitarnos del medio y dejarla descansar. Antes de que nos marcháramos, nos dijo:

—Si no recibís carta en los próximos días, no os preocupéis. Dentro de poco podréis verla a ella. Vendrá por Navidad.

En condiciones normales, Irene o yo le habríamos preguntado por cuántos días venía, y si Silvia había decidido ya seguir viviendo en París después de la película o no. Pero la verdad es que a ninguna le apeteció indagar esos detalles en aquel momento. Nos metimos en el ascensor y, sin palabras, descubrimos que las dos estábamos pensando exactamente lo mismo.

Lo que ambas pensábamos, o temíamos, era que a Silvia su nueva vida la había absorbido hasta el extremo de hacerle olvidar lo que había dejado atrás. A fin de cuentas, qué podía esperarse. Tenía una nueva profesión, increíble; vivía en una nueva ciudad, maravillosa; y había conocido a gente nueva, gente interesante por la que sentía una curiosidad que ya no podía sentir por nosotras. Al principio se había esforzado cariñosamente por tenernos informadas, por seguir sujetando el hilo que la unía a nosotras y a su humilde Getafe natal. Pero el viento de su nueva vida había debido empezar a soplar demasiado fuerte y no había tenido más remedio que soltar el hilo y dejarse ir. O quizá lo que había sucedido era que el hilo, frágil y quebradizo, se había roto a la primera embestida fuerte del vendaval.

Lo pusiéramos como lo pusiéramos, a eso era a lo que llegábamos y a las dos nos producía una desazón irremediable. Aquella noche Irene y yo nos separamos más bien tristes. Las dos quisimos decir algo, pero ninguna dijo nada. Sólo le cogí los dedos y se los apreté.

Los tenía fríos, y aunque ella me miraba como diciéndome que entre ambas no podía suceder lo que nos había sucedido con Silvia, tuve de pronto un presentimiento descorazonador. Intuí que algún día también ella se iría, o lo haría yo, y que la vida nos llevaría por caminos tan alejados que cuando volviéramos a encontrarnos, quizá por casualidad, nos sentaríamos a tomar café como dos perfectas desconocidas. Nos vi así, con treinta años, sentadas en una cafetería lúgubre, hablando de cosas banales, sin entendernos ni escucharnos, deseando que todo acabara y sin acertar a recordar todas las emociones que habíamos compartido. Sin acordarnos de cómo nos habían apasionado los sufrimientos de Juan Pablo Castel por la esquiva María Iribarne en *El túnel*, a veces trágicos y a veces cómicos, o de cómo la música de The Cure nos había transportado una y otra vez a su reino misterioso. Sin acordarnos de aquellas tardes de diciembre en las que paseábamos solas y enigmáticas por las calles, sin mirar a nadie, aunque nos miraran algunos, sintiendo nada más el abandono de nuestra amiga como un latigazo de hielo que nos bajaba por la espalda.

Sumida en esos amargos pensamientos llegué a casa, y en ella me encontré con la habitual escena de la cena familiar, que aquella noche me apetecía más bien poco. No por mi familia, que no es ni peor ni mejor que cualquier otra familia, sino porque lo único que me apetecía era estar sola, no escuchar a nadie y, sobre todo, no tener que responder a las preguntas de nadie. Quizá por eso mismo, en mitad de la cena, mi padre me espetó:

—¿Quién se ha muerto?

—¿Cómo? —dije, saliendo a duras penas de mis cavilaciones.

—Que quién se ha muerto hoy.

—¿Hoy? —dudé, aún aturdida.

—Sí, hoy. O ayer, o vamos, desde que decidiste vestirte de luto.

Bueno, pensé, con un inevitable sentimiento de catástrofe; el tema predilecto: qué te pones y qué te dejas de poner.

—Déjame en paz, papá —me escurrí—. Ya sabes que nuestros gustos sobre ropa no coinciden. Yo no me meto con lo que tú te pones.

Mi padre me examinó en silencio, apenas un par de segundos. Luego, con ese tono de sensatez y comprensión que nadie borda como él, dijo:

—Laura, tienes dieciséis años, eres una chica maja. ¿No crees que podrías aprovechar para ofrecer un aspecto agradable?

—¿Qué entiendes tú por un aspecto agradable, papá? —me hice la ingenua.

—No sé. Algo más femenino.

—Mañana me pondré un vestido rosa, con cintas —prometí.

—No se trata de eso —dijo mi padre, conciliador—. Pero por lo menos podrías dejar algún día de parecer un cruce de enterrador y vampira.

—A lo mejor es que soy una vampira —le desafié.

Mi padre sonrió.

—No lo creo. Aunque quizá debería borraros esos videojuegos macabros del ordenador. No vaya a ser que te estén dando malas ideas.

—¿Los videojuegos? —protesté—. ¿Cuándo me has visto a mí perder ni medio minuto con los estúpidos videojuegos? Jobar, papá, no te enteras de nada. El adicto a los videojuegos es el hámster.

—No le llames así —me regañó mi madre.

—No, si ya sabía que acabaría pagándolo yo —dijo el hámster, resignado.

—¿Te pasa algo, Laura? —preguntó entonces mi padre, poniéndose serio y dejando la cuchara en el plato.

Detesto ese momento. Ese momento y esa pregunta, las tres caras fijas en ti, y tú viéndote de pronto obligada a contar tu vida, a explicar tus sentimientos, a enseñar tus miserias. Claro que pasa algo. Siempre pasa algo. Pero hay veces en que lo último que te hace falta es que te lo pregunten. En esas ocasiones, y lo siento por el pobre, porque es injusto, pero es el único que tengo a mano, sólo puedo recurrir al hámster.

—Anda, Adolfo —le pedí de malos modos—, cuéntales a papá y a mamá cómo te ha ido el día, que parece que hoy no tenemos nada de que hablar.

El hámster se me quedó mirando. Pese a las perrerías que le hago, y pese a los marrones que me tengo que comer por él o por su culpa, yo le quiero y él me quiere, es la fuerza de la sangre. Me miró como si le estuviera suplicando que hiciera algo para evitar que yo siguiera siendo el centro de atención, y en el fondo, sí, se lo estaba suplicando. Y mi hermano, otra prueba de que el niño empezaba a hacerse mayor, se apiadó de mí.

—Ah, sí, no os lo había contado —dijo—. Me ha llegado una carta de Silvia. La encontré en el buzón con las del banco esta mañana.

La maniobra de distracción de mi hermano funcionó bien. Mis padres acogieron con interés la noticia. Yo, con auténtico estupor.

—Anda, ¿y qué te cuenta? —preguntó mi madre, aprovechando al vuelo aquella ocasión de romper la tensa conversación entre mi padre y yo.

El hámster bajó los ojos al plato y tomó un par de sorbos de sopa antes de dar una respuesta. Luego, muy envarado, contestó:

—Bueno, es una correspondencia privada. Forma parte de mi intimidad.

—Claro, claro —dijo mi madre—. ¿Y no hay nada que podamos saber?

También yo estuve a punto de preguntar, pero me quedé callada.

—Está bien de salud y trabaja mucho —resumió el hámster, lacónico.

—Vaya, me alegro —comentó mi madre—. Hay que ver la suerte que ha tenido esa chica. Es para alegrarse por ella, aunque también tiene que estar costándole su esfuerzo. ¿No, Laura?

Afortunadamente, en ese momento terminaba yo la cena.

—Sí —dije, mientras me levantaba—. Perdonad, tengo los exámenes encima.

Era verdad. Me faltaba menos de una semana para el de Matemáticas, y sólo un día más para el rollo de Historia. Tenía hojas y hojas del libro para devorar con esa fascinante sensación de estar masticando serrín. La expresión «masticar serrín» se la debía a Irene, que podía haberla hecho pasar por una invención suya, pero que había tenido la honradez de confesarme su procedencia. La había leído en un libro de Kafka que en realidad es una carta a su padre (al padre de Kafka, naturalmente), donde el escritor recuerda los tiempos en que era estudiante de Derecho y miraba por la ventana a las chicas que pasaban por la calle. «Como masticar un serrín que encima habían masticado mil bocas antes que la mía»; eso era para Kafka estudiar. Y para cualquiera que haya estado en una habitación, mirando pasar afuera la vida, mientras tiene que meterse entre pecho y espalda la decadencia del imperio español o los deliciosos pormenores del aparato digestivo.

Pero así y todo, me encerré en mi cuarto, encendí el flexo y abrí el libro. A medida que vas cumpliendo años, eso antes no lo veía, te das cuenta de que para poder disfrutar de algo antes hay que pringar como una imbécil. Para poder tener al año siguiente un verano sin incordios, yo debía tragarme aquello. Para poder comer hay que hacer la compra, y para poder dormir a gusto, haberse cansado. Todo esto me hacía sospechar que también acertaba mi padre, aunque me reventara ligeramente, cuando me decía que para poder llevar una vida mejor el día de mañana tenía que pasar por el aro y acabar el instituto de la mejor manera posible. A fin de cuentas, la fortuna no me había dado una cara de ángel que me salvara, como a Silvia.

Pero otra de las razones, si no la principal, por las que me puse ante el libro de Historia aquella noche, era precisamente olvidarme de Silvia. Olvidarme de que su flamante gloria cinematográfica la había conducido tan rápidamente a pasar de las amigas a las que había jurado fidelidad hasta la muerte. Olvidarme de que era tan fulminante y tan contundente la manera en la que el mundo nos podía cambiar de arriba abajo, separándonos de lo que siempre habíamos sido y convirtiéndonos en cualquier otra cosa. Olvidarme, en fin, de que al otro lado del tabique, en la habitación del hámster, a mi alcance a poco que la revolviera, había una carta de Silvia que podía ser un indicio que me ayudara a comprender lo que estaba pasando.

Resistí la tentación aquella noche, aunque no fue fácil. Seguí estudiando hasta que me venció el sueño y calculé que podría quedarme dormida tan pronto como apoyara la cabeza en la almohada; sin tiempo para pensar más ni por tanto para sufrir el asalto de todas aquellas tribulaciones. Entonces me acosté, y dormí, sí, aunque más bien regular.

La mañana siguiente estuve todo el tiempo somnolienta durante las clases. No era un estado muy agradable, sobre todo por la inseguridad que en él se siente frente a la posibilidad de que el profesor tenga la súbita ocurrencia de señalarte y preguntarte algo al hilo de la explicación que eres incapaz de seguir; pero por lo menos me mantenía lo bastante atontada como para que todo me importara algo menos que de costumbre. Con Irene no hablé de nada demasiado profundo, ni mucho menos de Silvia. Y sin embargo, cuando llegué a casa, lo primero que hice me demostró que durante todo el tiempo, más allá de la modorra, no había estado pensando en otra cosa.

Me deslicé sigilosa hacia la habitación del hámster. Sólo estaba mi madre en casa y mi hermano jugaba abajo, frente al portal. Quedaban diez minutos para la comida, tiempo suficiente. El hámster solía apurar sus ratos de esparcimiento. Para hacer menos ruido me descalcé y cerré la puerta con cuidado a mis espaldas. Una vez dentro me sentí como una delincuente, y casi lo era, en realidad. Iba a violar una correspondencia ajena.

Exploré con diligencia el terreno. Era un poco difícil no distraerse con las cosas que tiene el hámster puestas en la pared, fundamentalmente imágenes de diversos tamaños de Daryl Hannah, Lara Croft y todas y cada una de las vigilantes de la playa. Daryl Hannah, el más antiguo y arraigado amor del hámster (desde la remota tarde en que cometimos la imprudencia de dejarle ver *1, 2, 3… Splash)*, es más o menos corriente, pero las otras tienen un exceso en común, lo bastante rotundo como para hacer reflexionar un momento acerca de la psicología de mi hermano. Todo aquel tetorrerío que veía colgado de la pared podía hacer creer que al hámster lo criaron con biberón y que desde entonces sufre un trauma de alguna clase. Pero como le dieron el pecho, me inclino a pensar que tan sólo padece, de una forma todavía burda y preliminar, una obsesión que es común a todos sus congéneres masculinos, tarados o sanos, y que no debe inspirar mayor preocupación. Lo preocupante, quizá, es que haya mujeres que se hagan rajar y rellenar hasta esos extremos para que el vicio no decaiga. Dejo al margen a Lara Croft, naturalmente, que a fin de cuentas sólo es un dibujo de ordenador y puede ponerse y quitarse *bytes* de la delantera sin necesidad de cirugía.

Pero lo que yo buscaba era una carta, y para eso, más que en las paredes, debía mirar en los cajones. Revolví los de la ropa, sin ningún resultado, y después los de los juguetes, que tampoco me depararon nada aparte de los variados trastos que guardaba el hámster. Hasta que se me encendió una luz y me dio por hurgar entre los tebeos y los pocos libros que tenía. La carta apareció en su favorito: *Shakán y el mamut mecánico*.

Venía en un sobre de esos blancos con el borde a franjas rojas y azules. Traía en una esquina las palabras *PAR AVION* y un sello rojo. Dentro sólo había una cuartilla pequeña, doblada en dos. Y sobre ella se leía:

París, 2 de diciembre
Querido Adolfo:
No sabes cuánto te agradezco estas cartas tan bonitas que me envías. No deberías escribirme tantas, porque te quitan el tiempo que seguramente necesitas para el colegio y además te debes de estar gastando mucho dinero. Pero te aseguro que bastantes noches, cuando llego a casa, son lo

único que me alegra el día. Siempre necesitas sentirte querida, y en tus cartas hay el cariño que a veces aquí me falta. Esta ciudad es estupenda y estoy viviendo algo increíble, pero a veces me siento cansada y sola.

Gracias por ayudarme a evitarlo y a seguir adelante.

Con cariño,

SILVIA

P.D.: Es verdad que tus cartas me animan, pero no vayas a escribirme más por eso. Más bien me gustaría que no me escribieras más de una por semana. No quiero que por mi culpa no tengas ni para gominolas.

Después de leer la carta, tres o cuatro veces seguidas, me quedé absorta, con la cuartilla en la mano. Meditaba sobre lo que Silvia había escrito de su soledad y su cansancio, y paradójicamente me animaba, porque eso podía significar que había una razón para que no nos escribiera. Sugería, al menos, que no nos había olvidado sin más. Pero también me tocaba meditar sobre lo que no había escrito Silvia: toda la carta estaba llena de afecto hacia mi hermano (a fin de cuentas, un admirador, y ya se sabe que las estrellas se deben a su público), pero no decía una sola palabra sobre mí. Ni siquiera le pedía que me diera recuerdos o algo parecido. No lo podía comprender, y eso reavivaba mis peores temores. En ese momento, la puerta se abrió.

—¿Qué haces aquí? —preguntó el hámster.

—Nada —reaccioné torpemente, volviendo a guardar la carta en el libro.

—¿Qué libro tienes en la mano?

—Ninguno en especial, estaba mirando los que tenías —dije, mientras incrustaba atropelladamente el libro en el estante.

—¿Y desde cuándo te interesan mis libros? Siempre te ríes de ellos.

—Bueno, me río sólo para picarte.

—¿Y por qué has cerrado la puerta?

Dios, aquello era demasiado ridículo, tener que despistar a un implacable Sherlock de diez años. Ya era bastante mala pata que hubiera entrado en casa sin tocar el timbre, señal en la que yo confiaba para no ser sorprendida *in fraganti* (resultó, luego lo supe, que mi madre le había llamado a comer y le había dejado la puerta del piso abierta). Más valía aceptar deportivamente el revés y no darle más vueltas al asunto. Así que me rendí.

—Vale —admití—. Estaba buscando la carta.

El hámster me observó, reflexivo y circunspecto.

—No me la das, Laura. La has encontrado.

—Y si fuera así, ¿qué pasaría? —le reté, mientras iba hacia la puerta.

Mi hermano no respondió inmediatamente. Esperó a que saliera al pasillo y entonces, más redicho que nunca, advirtió:

—Podría ir a mamá, pero me doy cuenta de que estás pasando una mala racha. Así que voy a callarme, por esta vez. Espero que no se vuelva a repetir.

—Ve a la policía si quieres, Adolfo —le animé, irritada.

—¿Debo entender que no te arrepientes?

—Entiende lo que te parezca —gruñí, entrando en mi habitación.

—Mamá, Laura ha estado revolviendo mi cuarto —gritó, el muy vengativo.

Eso me obligó a dar penosas explicaciones, y a encajar la reprimenda de mi madre, y a aguantar que mientras tanto el hámster se regodeara diciendo que aquella casa era peor que Chechenia, donde tampoco se respetaban los derechos humanos de los niños. Como él mismo, el discurso del hámster era una empanada de inocencia y madurez prematura, pero algo me decía que el tío lo hacía aposta, consciente del efecto que le causaba a mi madre.

Salvé la tormenta como pude, o sea, bastante avergonzada, porque mi madre tenía razón al afirmar que parecía mentira que yo fuera la hermana mayor. Después de comer, y para redondear el día, me aguardaba una tarde lóbrega frente a los problemas de Matemáticas y el tocho de Historia.

Pero algo iba a cambiar ese plan. A las seis sonó el teléfono. Nadie fue a cogerlo (siempre era para mí, decían), así que, rezongando, fui yo:

—Diga.

—Hola —repuso una voz tenue—. Soy Silvia. Estoy aquí.

9

Puñales desenvainados

Mientras caminaba hacia el centro comercial Bulevar, junto a Irene, seguía sin poder asimilar que hacía sólo media hora había hablado con Silvia, y que de golpe y porrazo resultaba que ya no estaba en París, donde yo la hacía, sino en Getafe, a cinco minutos de mi casa. La conversación había sido extraña e intermitente. Al final, se resumía en que quería vernos a Irene y a mí cuanto antes y en que proponía que nos encontráramos en la cafetería del centro Bulevar. No era un sitio en el que soliéramos citarnos, más bien lo habitual era que dos de las tres se acercaran a la casa de la otra. Cuando me había dicho que quedáramos allí, yo no me había opuesto, pero ella, notando quizá mi asombro, me había explicado, como con prisa:

—Mis padres todavía no saben que estoy aquí.

Luego yo me había encargado de llamar a Irene, a quien la noticia había dejado tan patidifusa como a mí, y habíamos quedado en acudir juntas a la cita. No sabíamos muy bien por qué. O bueno, sí. Irene y yo vivíamos a cien metros la una de la otra y nunca nos habíamos marchado, así que no teníamos por qué secundar a Silvia en aquella extravagancia de quedar en el centro comercial, que estaba mucho más lejos. Por otra parte, sentíamos que debíamos asociarnos las dos, para enfrentarnos a lo que hubiera que enfrentarse. Estábamos demasiado desconcertadas para imaginar siquiera qué sería, pero algo nos olía mal en todo aquello. Un mes sin noticias, y de pronto la fugitiva que reaparecía y lo hacía sin que sus padres lo supieran.

La tarde era muy desapacible. Soplaba bastante el viento y lloviznaba de una forma molesta, sin arrancar a llover en serio, pero sin dejar de hacerlo tampoco. Las nubes que se cernían sobre Madrid, y que pudimos contemplar mientras bajábamos por la avenida que llevaba hasta el lugar de la cita, tenían un aspecto turbulento y amenazante. Por lo menos, de la inclemencia del tiempo nos defendería la calefacción del centro comercial.

La cafetería estaba en la segunda planta, relativamente apartada de todos los demás locales. También era el sitio que menos gente solía tener a aquella hora, un día entre semana. Quizá por eso la había escogido Silvia. Ella era la única cliente que había cuando llegamos. Estaba sentada a una mesa de las que tenían en la parte de zona común situada frente a la cafetería, y tenía ante sí una taza y una tetera. Al vernos venir, se puso en pie.

No puedo justificar muy bien por qué, pero en aquella Silvia tanto Irene como yo vimos en seguida a una persona distinta. Podía ser la ropa, fina y elegante, desde el jersey de cuello vuelto o la gabardina hasta los pantalones de color crema. Podía ser el maquillaje, mucho más sofisticado que el que le conocíamos. Pero todo eso eran sólo signos exteriores, nada que no le hubiéramos visto antes en algún anuncio o alguna fotografía de moda. Lo que verdaderamente nos hacía sospechar que estábamos ante una persona diferente era una mezcla de otras cosas: la manera en que descruzó las piernas, cómo se levantó de la silla, el modo en que se quedó quieta mirándonos. Y sobre todo, esto último: su mirada. De pronto, al otro lado de sus ojos se adivinaba una extensión infinita, un horizonte del que no se divisaba el fondo. Nos sobrecogió esa mirada, porque era el anuncio de la historia que traía a cuestas. Una historia que no sabíamos si nos iba a contar, pero que las dos (aunque nunca lo habríamos admitido) nos moríamos por conocer.

Cuando llegamos frente a ella, Silvia esbozó apenas una sonrisa. Y curiosamente, fue ella la que dijo:

—Estáis cambiadas.

—¿Cambiadas? —repuso Irene.

—Sí, cambiadas. Tú te has hecho algo en el pelo —me señaló—. Y la ropa de las dos. Parece que os la compráis en la misma tienda que Batman.

No fue la mejor entrada posible. Todavía tenía recientes en los oídos las charlas de mi padre al respecto. Salté un poco descontrolada:

—Pues tú pareces un anuncio de Revlon.

Silvia se miró, divertida. Agrandó aquella sonrisa, que entonces se vio todavía más frágil, y admitió:

—Tienes razón. Me puse esta mañana lo primero que vi. Ésta es la ropa que te venden en París. No tenía otra.

Después de eso hubo un silencio un poco tenso. Nos quedamos las dos frente a ella, escrutándola, tomando nota de todas aquellas diferencias que en el curso de dos meses se habían abierto entre nosotras y tratando de buscar debajo lo que pudiera seguir uniéndonos. Al fin dijo Silvia:

—Venid aquí y dadme un beso. Ya tenía ganas de veros a las dos.

Obedecimos. Primero Irene y luego yo nos estrechamos contra ella, contra su ropa cara y su piel que olía a perfume francés. Y sentimos su calor, y su ansiedad, y dejamos, cómo impedirlo, que el abrazo nos emocionase.

—Bueno, sentaos —nos pidió—. ¿Qué tomáis?

—¿Qué se puede tomar aquí? —consultó Irene.

—Café o té. Yo he pedido té.

—¿Té?

—Sí. Me acostumbré a tomarlo allí. Sienta bien, cuando la tarde está fría y lluviosa. Y en París suele estar así —añadió, con un aire melancólico.

—Yo sólo he tomado té cuando he estado enferma —apuntó Irene.

—No está tan malo —aseveró Silvia—. Éste tiene aroma de jazmín y naranja.

—Dios, eso es como beberse una colonia.

—Hay muchos otros.

—Yo sí que me tomaré un té. Como ese tuyo —dije.

—Muy bien. Tendrás que decidirte, Irene.

En ese momento se acercó la camarera, con un pequeño bloc en la mano.

—¿Se puede pedir aquí un Seven-Up? —la abordó Irene.

—Se puede —repuso la camarera—. Pero no tenemos.

—¿Y si no quiero tomarme una tisana como ésa ni tampoco un café?

—Tenemos chocolate caliente.

—Mira, es una idea —asintió Irene—. Pues eso mismo.

Silvia pidió mi té. La camarera lo anotó todo sin deshacerse de su gesto irónico y prometió traerlo en seguida. Cuando se marchó, volvimos a quedarnos las tres solas, y entonces descubrimos que sin la ayuda de aquella conversación trivial sobre lo que íbamos a tomar, y sin la presencia de la camarera, quedábamos abandonadas a una intimidad que de pronto se había vuelto incómoda. Silvia se dio cuenta y asumió que era a ella, la viajera y la actriz de cine, a quien le correspondía romper el silencio.

—Bueno, menuda sorpresa, ¿no? —dijo, casi como si se avergonzara.

—Pues sí —dije yo—. Después de un mes sin noticias.

—Puedo explicaros eso. De hecho os he citado aquí para explicároslo.

—¿Cuándo decidiste venir? —preguntó Irene—. Ayer estuvimos hablando con tu madre y nos dijo que no vendrías hasta Navidad.

Silvia se rió sin ruido.

—¿Cuándo lo decidí? Esta mañana.

—No puede ser —salté.

—Sí que puede ser. Es fácil. Esta mañana, cuando me levanté, me dije: ya está bien, no me quedo aquí un minuto más, me vuelvo a casa. Saqué la maleta, metí la ropa que me cupo, el resto lo dejé y llamé a un taxi. Le pedí que me llevara al aeropuerto. Una vez allí, busqué el mostrador de Iberia. Pedí un billete para el primer vuelo a Madrid y me dijeron que tendría que esperar unas tres horas. Les respondí que muy bien y les pregunté cuánto valía. Llevaba dinero de sobra. Así que compré el billete y aquí estoy.

—Nos estás tomando el pelo —protesté.

—No, Laura. Es la verdad. Por eso mi madre no os dijo ayer nada, aunque habíamos hablado a mediodía. Ella misma se enterará esta noche, cuando llegue a casa y me encuentre. Fue una decisión sobre la marcha.

—¿Y por qué?

Silvia se echó atrás en su asiento. Sin decir nada, cogió la taza y le dio un sorbo. Irene y yo nos fijamos en la forma aristocrática en que sus dedos pálidos y alargados cogían aquella taza y la volvían a depositar sobre el plato. Silvia era definitivamente otra, y nos costaba un poco seguirla.

—El porqué —dijo al fin— me llevará un rato. ¿Tenéis un par de horas?

Lo que teníamos, sobre todo yo, que tardaba el triple, era una evaluación de Historia y una montaña de problemas de funciones y derivadas. Pero las dos aceptamos postergar aquel inconveniente. Yo asentí con la cabeza e Irene, que nunca se resigna a quedarse callada, observó:

—Después de un mes, claro que podemos sacar dos horas.

En ese instante apareció la camarera con mi té y el chocolate de Irene. Dirigiéndose a ella, dijo:

—Te he puesto unas pastas. Para que las mojes en el chocolate, si quieres.

La amabilidad de aquella mujer descolocó a Irene. Siempre he creído que toda su fiereza se puede venir abajo con una simple caricia. Silvia también pareció reparar en el detalle, y las dos cruzamos una mirada cargada de intención. Pese a todo lo que había cambiado en su aspecto, seguía siendo en el fondo ella: Silvia, la amiga con la que había pasado horas y horas y con la que había aprendido a conocer a Irene y todo lo demás.

La camarera terminó de servir y, sin apartar la vista de Irene, nos deseó:

—Que os aproveche.

Silvia siguió quieta y no abrió la boca mientras yo echaba el azúcar en mi taza e Irene consideraba, con ciertas reservas, la posibilidad de tomar aquellas pastas. Mordisqueó una, sólo la punta, y decidió mojarla en el chocolate. Después de que se la llevara a la boca, Silvia anunció:

—Muy bien. Os lo contaré todo desde el principio. O mejor, desde donde lo dejé en mis cartas. Si consigo acordarme.

Entonces empezó Silvia su relato. Mientras la oía, noté que su voz sonaba de otro modo y que sus frases tenían también otra entonación, acaso por haber tenido que aprender rápido el francés y haberlo estado hablando hasta hacía apenas unas horas. Era una sensación que desorientaba, escuchar a Silvia y a la vez a la dulce y sutil actriz afrancesada en que se había convertido. Y era también agradable, lo confieso, volver a sentirse transportada a aquel París que nos había pintado en sus cartas. Por lo menos, fue agradable al principio; y al final, aunque su narración se volviera más amarga, seguía teniendo el rastro de aquel encanto imposible de destruir del todo.

Creo que lo mejor que puedo hacer es apuntar a partir de aquí lo que recuerdo que nos dijo Silvia, tratando de ser lo más fiel posible a las palabras que ella utilizó. No será completamente exacto, claro está, pero se acercará bastante, porque lo recuerdo bien. No me han contado muchas historias como aquélla. Si acaso una o dos. Le dejo la palabra a Silvia.

Si no me equivoco, tengo que retroceder a comienzos de noviembre. De entonces es la última carta que os envié, corregidme si no. Y si no recuerdo mal, en ella os contaba el principio del rodaje, los momentos de magia y euforia. Esos momentos no se acabaron en seguida. Debieron de durar al menos una semana más. Ahora que sé a qué sabe la gloria y a qué sabe perderla, no puedo quejarme. Por lo menos te da tiempo a saborear las mieles de tu triunfo, porque cuando estás en esa situación el reloj parece quieto. Recuerdo aquellos diez días, posiblemente los más gratificantes que me ha tocado vivir, como una especie de felicidad congelada, como un sueño en el que, a diferencia de lo que pasa con los que tienes por la noche, puedes pararte tantas veces como quieras a mirar arriba o abajo, adelante o atrás, y comprobar que todo sigue en su sitio. Quizá el momento supremo fue la noche en los Campos Elíseos, que os contaba en la carta. Pero hubo otros. Desde aquella noche, y durante varios días, todo el mundo parecía estar a mis pies. El ejemplo más escandaloso fue la altiva Chantal.

El día siguiente nos encontramos al llegar al rodaje. Yo estaba mentalizada para encajar su mirada de siempre, la que le dirigiría a un perro piojoso y vagabundo alguien a quien no le gustan los perros. Pero Chantal me sonrió, y una sonrisa en las facciones gélidas y perfectas de Chantal era como disparar una bengala en mitad de un entierro. Me quedé paralizada ante la novedad y Chantal se apresuró a hablarme:

—Quería felicitarte. Estuviste muy bien.

Luego añadió algo más, pero lo hizo tan deprisa que no pude seguirla. Por descontado, Chantal sólo hablaba francés. André, el director, decía que era capaz de chapurrear el español, pero estaba claro que la sublime Chantal era demasiado orgullosa para expresarse en una lengua que no dominaba. Creí entender que la gran diva descendía a reconocer que yo tenía madera de actriz y que se brindaba a aconsejarme. Vamos, que me ofrecía ser su colega, como si Chantal admitiera ser colega de alguien más que de Dios Todopoderoso. Se lo agradecí, perpleja por aquella distinción inesperada. De pronto había dejado de ser la petite lourde espagnole para transformarme en l'ange Sylvie, como me había llamado André la noche anterior. Chantal rehuía el trato de los lerdos (no sé si también de los españoles), pero no el de los ángeles, que eran casi como ella. Y añadió:

—Perdóname si al principio estuve antipática. Me cuesta coger confianza.

Nadie me había enseñado a perdonar a una estrella de cuarenta y tantos años, así que me limité a encogerme de hombros y a sonreír sin muchas ganas. No era la única situación insólita que iba a tocarme vivir aquel día. Media hora después, coincidí con Michel, el hombre más bello de la Tierra, en opinión del propio Michel y de algunas locas que le estaban esperando siempre ante el lugar de rodaje, para contribuir a que se le estropeara un poco más el cerebro de gorrión que guardaba su hermoso cráneo. Se acercó a mí, acariciándose el cuello lentamente, un ademán que ya le había cazado alguna otra vez que quería impresionar a alguien.

—Bonjour, ma chère Sylvie —dijo, meloso.

No podía creerlo. Otro para el que ahora era Sylvie, y encima querida. Recurrí a mi francés más frío para responder:

—Bonjour.

—Me preguntaba —dudó—, es decir, no sé si tú...

Michel también hablaba en francés, por supuesto, pero tan despacio que no me costaba nada traducirlo. Tras un par de balbuceos, el infalible seductor se rehízo y con una sonrisa de oreja a oreja se lanzó:

—Anoche tardé un buen rato en dormirme. Y sé que esta noche no me dormiré en otro buen rato si no hago lo que tengo que hacer. Bueno, si no hacemos los dos lo que tenemos que hacer.

—No te entiendo —dije, con toda mi inocencia—. ¿Qué tenemos que hacer?

—Salir a cenar juntos y conocernos mejor.

Le observé. En mi vida me han atraído, ya lo sabéis, unos cuantos tíos. Quizá todos ellos eran mucho menos guapos que Michel. Pero nunca había conocido a ninguno que me hubiera atraído tan poco. Puestos a elegir, habría aceptado hacer un crucero de diez días con Gonzalo antes que respirar el mismo aire que aquel mentecato durante más de un minuto.

—Je ne suis pas sûre de ça —respondí, y eché a andar hacia mi caravana.

—Eh, ¿por qué no? —preguntó, el muy subnormal.

Un minuto después, alguien llamó a la puerta de mi caravana. Me acerqué con el mal presentimiento de que sería Michel, dispuesto a darme la paliza para conseguir su caprichito. Pero no. Era Ariane.

—«No estoy segura de eso» —dijo, traduciendo al español, en tono de burla, mi réplica a la oferta de Michel—. Te felicito. Ha sido una respuesta perfectamente parisina. «Vete a la mierda», pero con toda suavidad.

—¿Qué le habrías respondido tú?

—No sé —se encogió de hombros—. Que se la machacara.

—Mira que eres basta, cuando te pones.

—Tú, en cambio, sabes encantar a las serpientes cuando quieres.

—¿Eso es un reproche?

—No, idiota, es envidia. ¿Me dejas pasar?

—Claro.

Ariane entró y se acomodó como en su casa, que era lo que hacía siempre. No me importaba, y no sólo porque viviéramos en el mismo apartamento. A aquellas alturas tenía con ella la confianza que no tenía con nadie más allí, y me parecía una suerte que hubiera alguien como ella para poder hablar de lo que quisiera, como quisiera y en mi idioma, sin tener que fruncir los morritos para todo. Aunque eso era relativo. Ariane no los fruncía nunca, ni cuando hablaba en español ni cuando lo hacía en francés.

—Bueno, me parece que entramos en un momento interesante —dijo.

—¿A qué te refieres?

—Sucede en todas las películas —explicó—. En todos los ámbitos de la vida, en realidad. Siempre hay alguien que sobresale por encima del resto. En las películas, siempre hay una actriz o un actor que está por encima de los demás miembros del reparto. No te creas que siempre es el protagonista. A veces es un secundario, y eso le vale para que en la próxima película le den un papel más importante, letras más grandes en el cartel y por tanto más pasta, que en el fondo es lo que quieren todos.

—No sé si te sigo.

—Claro que me sigues, Sylvie —dijo, maliciosa—. Por debajo del trabajo aparente, en toda película se organiza una competición. Se trata de ver quién es la elegida o el elegido, quién se impone a los demás. Las grandes estrellas, como Chantal, son las más competitivas. A veces, llegan al extremo de pedir que se reescriba el papel de un actor menos famoso que está empezando a destacar demasiado. Que le quiten frases o hagan que el personaje parezca más estúpido. O imponen que el suyo tenga más peso y más presencia. O todo a la vez. Sí, créeme. Yo he visto a una de esas estrellas exigirle al director, incluso, una escena en la que abofeteara o pusiera en ridículo al listillo o la listilla que se lucía más de la cuenta.

—¿Me estás avisando de algo? —pregunté.

—Mi queridísima Silvia. En esta peli, desde anoche, está claro quién es la número uno. Quién va a encandilar en la pantalla a todos los espectadores. Y está claro que los demás vamos a ser tus comparsas, los que bailamos alrededor. Yo me alegro, de veras, porque eres una buena chica y te lo mereces más que nadie. Pero no esperes que todo el mundo se alegre.

—¿Y qué puedo hacer?

Ariane me observó. Habría dado un brazo por saber qué pasaba por su mente. Pero era como siempre, indescifrable.

—No puedes hacer nada —contestó—. Sigue así. Cómetelos a todos. Pero ve atenta a tu espalda. Habrá puñales desenvainados.

Ariane tenía razón, como siempre. Pero la suerte se alargó todavía un poco, y dos o tres días después recibí otra invitación a cenar, que esta vez acepté encantada. Era una invitación muy particular, y mucho más tentadora que la de Michel. Era de André, y me invitaba a cenar nada menos que a Maxim's, uno de los restaurantes más famosos de París.

Aquella cena fue como una especie de culminación de mi éxito. El director y yo, solos, en pleno rodaje. Estaba claro quién era su favorita, y si él, que conocía la película como nadie, era de esa opinión, el asunto estaba hecho. Me puse lo mejor que tenía, incluyendo alguna cosa que pedí prestada en vestuario, y que con el visto bueno del director nadie se atrevió a negarme. André vino a buscarme en un Mercedes deportivo y me trató desde el principio con esa galantería suya, atenta y a la vez discreta.

No estuvo nada mal, tengo que confesarlo. Ni la comida, ni la conversación. Sobre todo cuando a los postres, André me dijo, en un francés lento y acariciante que mi mente convirtió en español sin ningún esfuerzo:

—No sé si eres consciente de tu poder, pero es imposible verte a través de la cámara y no adorarte como ella te adora.

Quién me lo iba a decir, en aquel momento. Quién me iba a decir que al día siguiente empezaría a llover, y que no pararía hasta hoy.

Tras esas últimas palabras, Silvia se quedó callada, y una lágrima asomó a sus ojos. Ni Irene ni yo nos atrevimos a abrir la boca. Silvia se limpió aquella lágrima y siguió contando, sin detenerse ya hasta el final.

10

La lluvia de París

Sí, empezó a llover. Pero no como hasta entonces, que lo había hecho a ratos y con una intensidad soportable. Empezó a llover furiosamente y a todas horas, hasta el extremo de poner patas arriba el plan de rodaje de la película. En el guión había escenas con lluvia, sí, pero ni siquiera ésas se podían rodar bajo el viento y los chaparrones que se desataban una y otra vez. De hecho, la mejor manera de rodar una escena con lluvia es regar artificialmente a los actores, mientras el cámara está a salvo. En cuanto a todos los demás exteriores, los que exigían una atmósfera seca, resultaban sencillamente imposibles y hubo que cancelarlos en espera de mejores días. Nos concentramos en las escenas de interior, pero para algunas los decorados aún no estaban listos y los técnicos debían trabajar a destajo. Aun así, a veces teníamos que rodar en habitaciones donde a la menor ocasión se caían los tabiques. Si normalmente el rodaje era tenso, no podéis imaginaros cómo fue a partir de ahí. Al ayudante de dirección, un día en que el caos parecía ya incontrolable, se le ocurrió decirle a André:

—Te lo advertí, teníamos que haber empezado en septiembre. Era de cajón que el tiempo nos acabaría jugando una mala pasada.

André se le quedó mirando, callado. Era una mirada terrorífica, casi homicida. No había sospechado yo que fuera capaz de mirar así. Después, le puso una mano en el hombro al ayudante y le contestó:

—*Eres un genio, Pierre. Recuérdame que en la próxima película prescinda de ti. Me haces sentir demasiado tonto, y ésa no es la función del ayudante.*

Pierre palideció como yo no sabía que se pudiera palidecer. Y murmuró:

—*No he querido...*

—*Cállate, Pierre —le atajó André, iracundo—. Si sigo oyendo tu maldita voz te meto un foco en la boca. Anda, ve a arreglar algo, en lugar de seguirme dándome por saco con tus consejos.*

Haciéndose cargo de lo delicado de su situación, Pierre se evaporó como una gota de agua sobre una plancha caliente.

Una consecuencia de aquel desbarajuste era que los actores andábamos casi todo el rato ociosos, viendo cómo los demás preparaban tal o cual escena y cómo poco después tenían que desmantelarla. Si se abría de pronto un claro, se intentaba rescatar una secuencia de exterior que se hubiera cancelado antes, pero cuando estaba todo listo, la tempestad estallaba otra vez. Era desolador ver a toda aquella gente trabajar en balde, sin poder hacer otra cosa que repasarte una y otra vez todas tus escenas. A mí me descentraba mucho todo aquello. A Ariane, en cambio, parecía dejarla indiferente. Recuerdo una tarde que estábamos las dos sentadas en nuestras sillas, mirando el panorama. El silencio me agobiaba, y dije:

—*Es un auténtico desastre. Ojalá mejore el tiempo pronto.*

—*No te apures —me aconsejó—. Siempre pasa algo. Cuando no es el tiempo es el dinero, o los equipos, o el vestuario. Siempre se fastidia alguna cosa. Es una de las reglas no escritas de este negocio.*

—Te veo muy tranquila.

—Bueno, las he visto mucho peores. Aquí todavía no hemos suspendido el rodaje. Eso sí que es una catástrofe. Cuando lo reanudas luego, y luego puede ser cinco meses después, según anden las agendas de los actores, hay que reconstruir la película como si fuera un castillo en ruinas.

—Me gustaría poder verlo con esa calma tuya.

Ariane enarcó las cejas.

—Oh, no pasa nada. Te van a pagar igual, y al final la película sale. Siempre sale, ésa es otra de las reglas. El que tiene un problema es el director. Pero nosotras somos dos actrices jóvenes y bobas. Podemos mirar el estropicio y reírnos si queremos. Nadie nos va a regañar.

La observé detenidamente. Habríase dicho que hablaba en serio.

—Eres una malvada —dije.

—No. Soy una víctima inocente —se quejó—. Una pobre chica de la que todos esos buitres se aprovechan. Utilizan mi tierna juventud para embaucar a los bobalicones que van a ver sus películas.

—Sí que eres tierna, sí —juzgué—. Como una piedra de afilar.

Ariane se echó a reír, sin importarle el efecto que sus carcajadas pudieran causar en aquel ambiente de nerviosismo e irritación. De pronto, sin embargo, interrumpió su risa y se quedó mirando fija al frente.

—¿Qué pasa?

Ariane no respondió en seguida. Vi cómo se le dilataban las pupilas y cómo sus iris verdes volvían poco después a recobrar su anchura.

—No lo sé —dijo—. Pero Fata Morgana anda en algo.

—¿Fa qué?

Ariane se volvió hacia mí. Y me explicó, con ese aire de descubridora y de experta con que lo explicaba siempre todo:

113

—Fata Morgana. La hermanastra del rey Arturo, una bruja taimada y peligrosa. Adivina a quién me refiero con ese nombre.

Miré al frente y distinguí a Chantal hablando con André. El director parecía aguantar estoicamente el discurso de la estrella, que le clavaba una y otra vez el índice de la mano derecha en el pecho y que cada dos o tres segundos doblaba un dedo de la mano izquierda, como si estuviera haciendo un recuento de algo. Por el gesto de Chantal, parecía tratarse de una lista de quejas. La fatiga que había en el rostro de André lo corroboraba.

—Ha esperado el momento perfecto —se admiró Ariane—. Ahora André está débil. Ahora es cuando saca su aguijón y lo clava hasta el fondo.

—¿Qué aguijón? —pregunté, sin acabar de entenderla.

—El que le sirve para salirse siempre con la suya.

—No parece que André esté ahora mismo en condiciones de hacerle demasiado caso —calculé—. Bastante follón tiene, el pobre.

—Eres una ingenua, Sylvie —opinó Ariane—. Ahora es cuando él no puede negarle nada, porque no puede permitirse ni un quebradero de cabeza más. Y menos el que ella puede plantearle.

—¿Y cuál es ése?

—Irse. Si se retrasa el rodaje, deja de obligarla su contrato. Y la película se queda sin el nombre más prestigioso del cartel. Quedamos tú y yo, una francesita mona y una belleza exótica de más allá de los Pirineos. Pero películas con niñitas guapas las hay a patadas, y André tiene que conseguir una que recaude en taquilla el dinero que le han prestado para hacerla y un poco más. Si no, la próxima vez le costará mucho que vuelvan a dejarle dinero para seguir jugando al cine. Chantal lo tiene bien cogido.

Me quedé pensando sobre la teoría que Ariane acababa de exponerme. Nunca dejaba de sorprenderme su capaci-

dad para vislumbrar los más intrincados entresijos de todo.
Tuve que reconocérselo:

—Me gustaría saber dónde has aprendido todo eso.

Se encogió de hombros, quitándole importancia.

—Llevo la mitad de mi vida en el cine. Hablando con
unos y con otros. Todo el mundo tiene ganas de hablar con
una chica bien parecida.

—¿Y qué crees que le está pidiendo Chantal?

—¿Exactamente? Ni idea. Puedo suponer algo, pero
Chantal es perra vieja y tiene más imaginación que yo.
Sólo una cosa está clara.

—¿El qué?

—Que no es bueno para nosotras —sentenció Ariane.

Algunos días, a eso de las cuatro o las cinco, André se
rendía a la evidencia de que la jornada estaba perdida y
permitía que los actores nos fuéramos. Él se quedaba con el
equipo técnico, tratando de rehacer el plan de rodaje. Daba
lástima verle, con la frente arrugada y el pelo revuelto.

Esas tardes de imprevista libertad, me iba con Ariane a
pasear a la orilla del Sena. Eran paseos bajo el paraguas,
pero tenían la ventaja de que no te cruzabas apenas con nadie. Los turistas habían desaparecido y los parisinos estaban metidos en sus madrigueras, salvo para ir y venir del
trabajo. A mí me gustaba caminar por las orillas, viendo el
agua repicar en los puentes y acribillar la corriente revuel-
ta y caudalosa del río. También me gustaba el sonido, aquel
chof chof continuo de la lluvia sobre la tierra y el agua. Y el
cielo turbulento, y aquellos edificios de París barnizados de
humedad, más resplandecientes que nunca. No había visto
nunca una ciudad tan majestuosa, ni creo que la vaya a
ver después. Parecía que no la hubieran hecho como las demás ciudades, un poco según van saliendo, sino con arre-
glo a un plan minucioso que se hubiera cumplido a rajata-
bla. Sin embargo, aquella lluvia incesante me inundaba el
espíritu de una tristeza difícil de vencer. Por fuerza, una

española como yo tenía que empezar a echar de menos el sol. Y si a la dureza del tiempo le unía las dificultades que atravesaba la película, no me faltaban motivos para andar más bien desanimada.

Una de aquellas tardes junto al Sena, Ariane, adivinando tal vez lo que pasaba por mi mente, observó:

—Aquí lo tienes, tu amado París. Una preciosidad que también puede ser de lo más canalla, cuando se le pone en las narices.

—Y a pesar de todo, merece la pena —salí en su defensa—. Otra ciudad sería espantosa con esta lluvia.

—Sí —admitió Ariane, irónica—. Quizá por eso, porque sabe que siempre habrá gente que la aguante, cae con tanta saña, la lluvia de París.

—No lo sé —respondí—. Lo que sí es verdad es que llueve, y que desde que llueve las cosas andan torcidas. Eso no puedo negarlo. En todas partes llueve y en todas partes se tuercen las cosas. En París también.

—Claro que llueve en París —dijo, asombrada—. Eso lo sabe cualquiera.

—Me refiero a lo otro. A que de repente se haya estropeado todo.

—Anda, ¿y qué te habías creído? ¿Que la fiesta iba a durar siempre?

—Por qué no. Era como un sueño.

Ariane se detuvo. Un par de segundos después, cuando yo también lo hice, vino hacia mí y me rodeó hasta ponerse enfrente, como si me cortara el paso. Me observó cinco, diez segundos, con sus ojos impenetrables.

—¿Estás bien? —preguntó.

—Considerando las circunstancias...

Ariane se puso seria.

—No dejes que te afecte, Silvia.

—El qué.

—Toda esta comedia. Disfrútala lo que puedas, aprové-

chate de lo que te da, pero no dejes que esto se convierta en tu vida. ¿Me oyes?

La lluvia caía fuerte, pero no tanto como para que Ariane tuviera necesidad de gritarme así. La miré, un poco aturdida.

—*Oye, ¿qué te pasa?* —*pregunté.*

—*Nada, no me pasa nada* —*dijo, y echó a andar otra vez.*

La dejé alejarse diez o doce pasos. Pero ella era la única amiga que tenía en París, y no estaba dispuesta a permitir que nos enfadáramos por un malentendido. Salí tras ella y en cuanto la alcancé seguí caminando a su lado. Durante un par de minutos, o acaso más, ninguna dijo nada. Al fin, otra vez con su voz serena de siempre, Ariane reanudó la conversación:

—*Hablando de sueños, ¿te conté alguna vez lo de mi sueño incumplido?*

—*No.*

—*Es un sueño muy bobo, como todos los sueños, si los analizas. Mi familia ha vivido siempre en Toulouse, en el centro. A dos calles de nuestra casa está el Lycée Saint Sernin. El instituto de enseñanza secundaria San Saturnino, se diría en español. Está en un edificio muy antiguo y tiene un jardín que se pone precioso en primavera. Desde que tuve uso de razón, siempre hubo algo que deseé por encima de todo. ¿Sabes qué?*

Por primera vez, me parecía que a Ariane le costaba hablar de algo. Por si acaso, le seguí la corriente.

—*Cómo quieres que lo sepa.*

—*Lo que deseaba* —*dijo*— *era tener la edad para ir a estudiar el bachillerato al Lycée Saint Sernin.*

—*No parece un sueño demasiado irrealizable* —*aprecié, precavida.*

—*Y sin embargo, Silvia, para mí lo ha sido. Por esta mierda del cine. He estudiado el bachillerato a trompicones, en Lyon, en Niza, en París. En todos los sitios que he*

117

ido atravesando como una nómada. En todos menos en mi amado Lycée Saint Sernin de Toulouse. Todavía hoy, cuando vuelvo a casa y paso a su lado, se me parte el alma si miro al otro lado de la valla y veo a las chicas que están allí, tan tranquilas, fumando o prestándose apuntes. Ya nunca podré ser una de ellas, ni tendré de ese jardín otro recuerdo que el de verlas a ellas desde fuera, sintiéndome una desterrada. Daría todas las películas que he hecho por convertirme en la más gris e insignificante de esas alumnas. Por tumbarme a la sombra de uno de esos árboles y dejar que las abejas zumben por encima de mis ojos cerrados.

No cabía duda de que esa imagen la conmovía, y también me conmovió a mí oírsela describir. Ariane añadió:

—Allí debería estar yo ahora. Trabajaría en un comercio pequeño o en un restaurante inundado de sol. Me cruzaría con los vecinos en la calle y me saludarían por mi nombre. Pero aquí estoy, bajo esta lluvia asquerosa, y aquí seguiré, si me descuido, hasta que los años pasen y no me preocupe nada más que de mis arrugas y de mi vanidad, como Chantal.

—No creo que tú puedas acabar así —dije.

—Puede que no. Pero eso depende de que nunca llegue a tomarme todo esto en serio. De que recuerde siempre que mi vida verdadera era aquélla, la que ya nunca voy a poder vivir.

—¿Por qué no? —protesté—. Puedes hacer lo que quieras. Si lo que quieres es volver a Toulouse, pues agarra y vuélvete.

Ariane giró el rostro hacia mí. Sonreía con indulgencia, como si yo acabara de decir la más ingenua de las tonterías.

—La vida es más complicada que todo eso —afirmó, con amargura—. Para el Lycée Saint Sernin ya no tengo edad. Para lo demás, me falta inocencia. Y sobre todo, ma douce Sylvie, me sobra esto.

Como el argumento definitivo, me enseñó entonces el tajo de su muñeca izquierda, que era la que en aquel momento le dejaba libre el paraguas. Yo nunca sabía qué responder a eso, así que nada respondí.

Durante varios días, aquella extraña conversación con Ariane no se me fue de la cabeza. No sólo porque por primera vez me había mostrado una fisura en su coraza de acero, aunque en seguida hubiera vuelto a taparla, sino porque sus sombrías palabras de aquella tarde se mezclaban inoportunamente con el desasosiego que yo ya sentía. De pronto estar en París no era algo maravilloso, sino una experiencia llena de dificultades y de amenazas. Sólo veía a Chantal cada día más satisfecha, y a André cada día más desbordado y abatido, y viendo a uno y a otro me era imposible olvidar lo que decía Ariane: fuera lo que fuera lo que estaba consiguiendo Chantal, no era nada bueno para nosotras. Por lo demás, el poco trabajo que podíamos sacar adelante salía peor que nunca. Cada secuencia requería un montón de tomas, yo metía bastante la pata, y hasta Ariane empezó a estropear escenas. André seguía tratándonos bien, pero ya no era como al principio. Su desesperación resultaba más que evidente. Una tarde de domingo que hubo que trabajar para rodar unos exteriores, justo cuando ya empezaba a faltar la luz, Ariane cometió un fallo y André perdió el control.

—Vale, me rindo —gritó—. Quitad a esa neurótica de mi vista.

Ariane se le quedó mirando, sin decir nada. Luego echó a andar hacia su caravana. Instintivamente, busqué a Chantal. Fumaba plácidamente, recostada en una pared. Yo pensé que lo de «neurótica» debía tener que ver con el intento de suicidio de Ariane, y por primera vez, André me pareció un tipo despreciable. No podía decirle eso, allí, delante de todo el mundo. Por muy harto que estuviera, habría debido controlarse. Me quedé descolocada. Recordé al André que me había encontrado en la playa, al de la cena de la primera noche, al de la invitación al Maxim's. En el energúmeno que acababa de insultar a mi amiga no quedaba ni rastro de aquel hombre amable y considerado que me había deslumbrado desde el principio. ¿Qué pasaba para que todo se estuviera arruinando a aquella velocidad de vértigo?

Fui a la caravana de Ariane, para tratar de animarla, o para ofrecerle mi apoyo, al menos. Pero ella le quitó importancia:

—Nuestro pobre director las está pasando canutas. Se le está cayendo la tienda en la cabeza. Hay que comprenderle.

—Pero es un cerdo. No tenía derecho...

Ariane dejó asomar a su cara una sonrisa cínica.

—Tenía derecho. Yo cobro por esto y le he estropeado unos metros de película. Los metros de película son caros.

—Pero llamarte...

—¿Neurótica? Lo soy. Intenté suicidarme, y lo sabe todo el mundo. Salió en los periódicos, fue un escándalo tremendo. Durante un año, nadie quiso contratarme. Tenían miedo, ya imaginas, de que apareciera desangrada en el camerino. Pero he aprendido a vivir con eso y a conseguir que los demás me acepten como soy. No me avergüenza nada, de verdad.

Salí de la caravana de Ariane con una sensación de desconcierto. No comprendía nada. No comprendía a aquella gente, ni su comportamiento, ni aquel mundo disparatado en el que me veía envuelta. Para terminar de arreglarlo, mientras iba hacia mi caravana me salió al paso el hombre fatídico, Michel. Traía puesta la sonrisa de conquistador número uno, de oreja a oreja y con dos filas de dientes deslumbrantes. Me guiñó un ojo y dijo:

—Tú y yo seguimos teniendo una cuestión pendiente.

—¿Cómo?

—Una cuestión pendiente.

—Oye, Michel, ¿te parece que hay poco lío? —le dije, a duras penas, porque con el cabreo me costaba más encontrar las palabras en francés.

—¿Qué? —preguntó, sin comprender nada, seguramente por culpa de mi pronunciación, que había sido bastante penosa.

—Nada, Michel. Que te la machaques —le sugerí, en español.

Aquella noche, a eso de las diez, sonó el timbre de nuestro apartamento. Ariane fue hacia el portero automático y preguntó quién era. Una voz masculina respondió desde abajo un nombre que no entendí. Tras eso, Ariane se quedó callada y tardó un rato en apretar el botón que abría el portal.

—¿Quién es? —pregunté.

—Una visita inoportuna —dijo.

Medio minuto más tarde apareció en el umbral un chico moreno, de unos veinticinco años. Traía un bolso de viaje.

—¿Qué haces aquí? —le interrogó Ariane, con sequedad.

—Vengo a trabajar en unos asuntos. Y no tengo dónde alojarme —se explicó el chico. Su voz era grave y aterciopelada, bastante agradable.

—Aquí no te puedes quedar.

—¿Por qué no?

—No estoy sola.

—Ya lo veo. ¿No me presentas a tu amiga?

Mientras decía eso, me miró. Tenía también los ojos verdes, como Ariane, pero menos retadores. De hecho, apenas me sostuvo la mirada.

—Claro —concedió Ariane—. Ésta es Silvia, una compañera, de Madrid. Y éste es Eric, el zumbado de mi hermano.

—Sí que me presentas bien —se quejó Eric, en español. Lo hablaba un poco peor que Ariane, pero mucho mejor que yo el francés.

121

No sabía qué me correspondía hacer o decir a mí. Así que improvisé:

—Por mí puede quedarse. Tenemos el sofá-cama.

Ariane se volvió hacia mí. Juraría que enfadada. Pero no le duró.

—Muy bien, Eric —dijo—. Silvia te acoge. Dale las gracias.

Y volviéndole la espalda, regresó hacia el salón. Eric cerró la puerta sin hacer ruido y, como si aquello nos hiciera cómplices, susurró:

—Merci beaucoup, Silvia.

11

Triunfos de Chantal

Eric, el hermano de Ariane, se instaló en nuestro apartamento hacia mediados de noviembre. Durante la primera semana, apenas le vi. Salía muy temprano por la
mañana y no volvía hasta muy tarde por la noche. Al parecer estaba haciendo un doctorado en Letras y había venido
a París para consultar no sé qué documentación que se
guardaba en varios archivos de la ciudad y en la Biblioteca
Nacional de Francia. La biblioteca es un complejo espanto-
so que han levantado al lado del río, en una antigua zona
industrial. Dicen que los edificios tienen forma de libros
abiertos, pero a mí me pareció todo de lo más desangelado.
Por el espacio que hay entre medias corre un aire criminal,
o por lo menos corría la tarde que fui a verla con Ariane.
Quise ir sobre todo por probar la línea de metro especial
que lleva hasta allí, que tiene unos trenes ultrarrápidos y
ultramodernos, sin conductor y sin separación entre los
vagones. Es una pasada ver el hueco del tren a todo lo largo, aunque dicen que ha costado un montón de millones.

Bien, pues por lo que pude deducir, la mayor parte de
las mañanas Eric se levantaba, desayunaba, viajaba en el
tren ultrarrápido hasta la Biblioteca Nacional de Francia y
allí se pasaba el día entero. El resto de los días hacía lo mis-

mo, pero en alguno de esos archivos donde estaban los demás documentos que tenía que estudiar. Como mucho, en esa primera semana coincidí dos o tres veces con él. Siempre se mostraba simpático, quizá para agradecerme que hubiera convencido a su hermana de que le dejara quedarse, pero a la vez guardaba la distancia, con una timidez que me desconcertaba un poco. No parecía el prototipo de tío cortado: más bien daba la impresión de que prefería pasar desapercibido. Todo lo que yo sabía sobre lo que había ido a hacer allí, por ejemplo, lo había averiguado a través de su hermana. Si le preguntaba a él, y lo hice alguna de esas dos o tres veces que pudimos charlar en los primeros días, se zafaba siempre igual:

—Ah, no tiene importancia. Rollos de profesores.

Según me contó Ariane, su hermano había trabajado como profesor eventual en un instituto durante medio año, y estaba preparando el doctorado porque eso le ayudaría a tener mejores oportunidades. Para ir a otro instituto, para encontrar un puesto fijo, o vete a saber para qué.

Cuando entablabas conversación con él, lo que Eric siempre intentaba, y solía conseguir, era que fueras tú quien le contara cosas a él. A mí me hacía hablarle sobre Getafe, sobre Madrid y sobre España en general. También se mostraba muy interesado por la película y quería que le contáramos detalles del rodaje. A este respecto, Ariane se limitaba a decir:

—Es una peli, Eric. Un mundo maravilloso, lleno de emoción y de encanto y de todas esas cosas. La caca que nos salga podrás verla en marzo.

A mí eso me hacía sentirme violenta y empezaba a hablarle a Eric de la película sin ton ni son. Ariane me observaba con un gesto impenetrable y él me escuchaba con una tenue sonrisa. Me sentía más bien idiota, hablando y hablando mientras los dos hermanos guardaban aquel silencio, sobre todo cuando me daba cuenta de que estaba explayándome acerca de asuntos sobre los que sabía mucho menos que ella, mientras que él lo único que quería era no tener que asumir el peso de la conversación. A ratos me molestaba esa reserva y a ratos me provocaba una insoportable curiosidad. Tenía constantemente la sensación de que no sabía lo que estaba pensando aquel tío, y de que, contra lo que sucede con lo que piensan la mayoría de los tíos, aquello merecía la pena saberlo. Pero todos mis esfuerzos por traspasar su lejana amabilidad resultaron inútiles. Entre eso y el poco contacto, Eric fue convirtiéndose en una presencia misteriosa que me inquietaba. Si me despertaba de madrugada, sabía que estaba ahí, tumbado en el sofá-cama del salón, y alguna vez me sentía tentada de levantarme a verle dormir. Pero siempre renunciaba a hacerlo, y hasta que volvía a dormirme no dejaba de pensar en él, o lo que era peor, en las pocas conversaciones que habíamos tenido. Entonces me veía a mí, hablando sin parar, y a él escuchando en silencio, y me daba por pensar que su actitud era la de un adulto que tolera educadamente las tonterías que hace o dice una cría, con la que ni por asomo piensa dialogar de igual a igual. Eso me envenenaba, como podéis suponer, y me entraban ganas de tenerlo delante para darle de bofetadas y para convencerle de que estaba equivocado. Lo malo que tiene pensar de noche es que puedes llegar a considerar cualquier locura. Otras veces se imponía en mí la sensatez y me decía que más valía refrenar la imaginación y tener paciencia con nuestro huésped. A fin de cuentas, Eric era un chico agradable, y por aquellos días no andaba sobrada de cosas agradables.

Porque entre tanto el rodaje seguía, claro. A fuerza de calamidades y de contratiempos, el equipo se había acostumbrado a trabajar contra la adversidad. Los decorados estaban a tiempo y los exteriores se rodaban como se podía, o se reescribía el guión para hacer dentro escenas que iban fuera. Eso era algo que yo nunca había imaginado. Había creído que hacer la película era filmar lo que estaba escrito en el guión, y que era un pecado gravísimo apartarse de eso. Pero no. El guión era una especie de plastilina con la que se hacían mil diabluras, sobre todo desde que se había ido al garete el plan de rodaje inicial. Muchas de las escenas que yo me había aprendido, con el esfuerzo de memorizarlas y el del francés, cambiaron de arriba abajo. Desaparecieron diálogos, aparecieron otros nuevos. Hubo un momento en que no alcanzaba a entender de qué iba mi personaje. Si estaba enamorada o no del chico, si odiaba o quería a su madre, si seguía siendo amiga de la otra chica o no. Y no es para tomárselo a broma, porque para poder representar a un personaje hay que estar muy mentalizada de lo que piensa y lo que siente. Una cosa, sin embargo, sí que pude percibir con bastante claridad. Los trozos suprimidos eran muchos más y más largos que los añadidos. Mi papel iba adelgazando, al mismo tiempo, curiosamente, que engordaba el de otra persona. A Chantal, como había adivinado Ariane, le escribieron escenas enteras nuevas. En ellas podía despacharse a placer, unas veces sola, y otras, eso era peor, frente al resto de los actores.

Recuerdo una escena un poco melodramática en la que la madre del chico enfermo (Chantal) coincidía con las dos chicas (Ariane y yo) en un jardín. En la escena, bastante larga, había de todo, momentos tensos y momentos más calmados, pero tanto unos como otros tenían algo en común: la madre hablaba y hablaba, y las dos chicas escuchaban y sólo abrían la boca para asentir o para decir algo que le serviría a la madre para lucirse después. Era escandaloso, y había que esforzarse mucho para tragarlo, porque no sabéis lo difícil que es estar delante de una cámara escuchando cómo habla otro. Cuando hablas tú te distraes y hasta te relajas. Pero cuando estás ahí como un pasmarote o como un mueble del decorado, es horrible. No sabes qué hacer con las manos, cómo moverte, qué gesto poner. Pues bien, así estábamos Ariane y yo, adornando la escena mientras la gran Chantal se empleaba a gusto, usaba todo su repertorio de mohínes y ejercitaba su maravillosa pronunciación francesa y su voz dulce y melodiosa.

Después de rodar aquella escena, con las cuatro tomas que hicieron falta para que Chantal se gustara a sí misma (nosotras teníamos que ser demasiado torpes para equivocarnos en lo poco que nos tocaba), Ariane me dijo:

—Mira a la vieja bruja. Feliz como una colegiala. Pero bueno, ya que nos hemos convertido en sus damas de honor, mejor que le sirva para algo.

—¿Mejor? —protesté.

—Si no, seguiría apretándole las tuercas al director —explicó—. Y todavía pueden pedirnos que nos arrodillemos a sus pies.

—Te arrodillarás tú.

—Si me lo piden, desde luego. Todo esto es una pantomima. Y me importa un pimiento si la película resulta absurda. Por cierto, que me parece que con los últimos cambios está terminando de convertirse en una birria.

—Muy tranquila lo dices —me quejé.

—Pues claro. Ya he hecho birrias antes. Varias.

—Para ti es fácil hablar así. Pero para mí es la primera película. Si sale mal, podría ser también la última.

Ariane meneó la cabeza, con una sonrisa perversa.

—Oh, no, Sylvie. Harás más, si tú quieres. Naciste con una de esas caras y una de esas miradas que todos estos paranoicos buscan hasta debajo de las piedras. Y además te lo tomas en serio. Te lloverán los papeles.

No contesté nada a aquel pronóstico de Ariane. En otro momento me habría parecido que me anunciaba un sueño maravilloso, pero en aquel instante me costaba mucho creer en la dichosa magia del cine.

—El que está desconocido es André —dije, cambiando de tema.

—¿Desconocido?

—Se ha vuelto un borde. Y parece como ido todo el rato.

Ariane se echó a reír.

—Querrás decir que tú no le conocías así —me corrigió—. André es un borde, aunque a veces se esfuerce por disimularlo. Se cree un genio, y nosotros somos los muñequitos con los que él monta sus tinglados geniales. Le hacemos falta, pero no nos tiene el más mínimo respeto. Y está ido, sí, porque le joroba tener que someterse a los caprichos de Chantal. La película se le ha escapado de las manos definitivamente. Y a los genios no hay nada que les desconcierte más que darse cuenta de que están fracasando.

—¿No eres un poco dura?

—Ojo con André. Nos quedan diez días de rodaje. Todavía no hemos visto su lado malo, pero mucho me equivoco o nos va a dar tiempo a verlo.

Lo decía indiferente, como si no fuera con ella.

—Hay algo que me fascina de ti, Ariane.

—El qué.

—Que ni sientes ni padeces. Que todo te trae al fresco.

Ariane apartó de mí la mirada y la clavó al frente, en la lejanía de aquel horizonte nublado de París.

—Ojalá fuera como tú crees —dijo—. Sólo lo intento.

No era verdad. Yo era injusta al acusarla, y ella al proclamar su presunta intención de pasar de todo. Bastaba verla cuando se encendían los focos y André gritaba «acción». No había nadie que se concentrara como ella, nadie que pusiera como ella toda la fuerza, toda la elegancia o todo el humor que le pedía el personaje que estaba representando. Ni siquiera Chantal, por mucha fama y mucha experiencia que tuviera. Y no digamos yo. A medida que todo se había ido pudriendo, me había ido sintiendo más y más torpe, más y más una simple chica mona que sólo podía vivir de su cara bonita y que nunca conseguiría nada como actriz. Cómo sería, que hasta llegué a echar de menos que André me corrigiera. Llegué a pensar que cuando no lo hacía, a pesar de lo mal que yo sentía haber actuado, la única razón era que me daba por imposible, o que como decía Ariane ya daba por destrozada la película. Como si lo único que quisiera era terminar de rodar lo que quedaba y perdernos de vista a las dos, a la película y a mí. Sin embargo, esa sensación me duró poco. Porque en los últimos días de rodaje, tal y como había vaticinado Ariane, que tenía indudables poderes de adivinación, a André se le terminó de agriar el carácter y en gran parte desahogó su cólera conmigo. Le dio por corregirme, vaya que sí, y de qué manera.

Así empezó mi calvario, la peor época que recuerdo de mi vida. Fue como si tuviera que pagar toda la consideración que había tenido hasta entonces por ser novata, fotogénica y extranjera. Cada vez que metía la pata, André decía «corten» como si quisiera decir «que la fusilen». Y las instrucciones que me daba para que rectificara lo que hacía mal, eran un suplicio añadido. Hablaba a toda prisa, sin mirarme a la cara nunca, pronunciando la mitad de las palabras y metiendo trozos en francés de los que no entendía casi nada. Eso me obligaba a preguntarle, y entonces era peor. Volvía a explicármelo, todavía más deprisa, con más trozos en francés, comiéndose muchos más sonidos. Y mientras tanto yo tenía que soportar la sonrisita triunfal de Chantal, que siempre andaba por allí disfrutando del espectáculo, tuviera o no tuviera que intervenir ella en la escena que se rodaba. O el regodeo de Sara, la otra española, que era, no podía ocultarlo, la que mejor se lo pasaba viendo cómo el director fustigaba a la niñata consentida. También solían estar por allí Ariane y Valérie, la actriz que representaba a su madre y que desde el principio me había tratado tan bien, pero no sé por qué en esas ocasiones sientes más lo que te hiere que lo que te consuela.

La puntilla fue una secuencia que tenía a solas con Michel, el guaperas de la historia, en la que nada menos que teníamos que darnos un beso apasionado. El día que nos tocaba rodarla, desde muy temprano por la mañana, estaba el muy cerdo relamiéndose de gusto. Y por si a mí no me fastidiaba lo bastante la perspectiva, se acercó a saludarme y a restregármelo:

—Hola, ma chérie. Hoy es nuestro gran día.

Me lo quedé mirando con la mayor cara de asco que soy capaz de poner.

—No te entiendo, Michel —dije.

—Sí que me entiendes. He estado pensando en la escena toda la noche. La vamos a bordar, ya verás.

Y me guiñó un ojo, antes de dirigirse hacia su caravana. Me entraron ganas de devolver. Era una mañana lluviosa, para variar, y de pronto tuve la sensación de que el mundo y mi vida eran tan feos y tan miserables que no había ninguna razón para desear que duraran. Era como cuando te levantas un día que tienes examen de Matemáticas, pero a lo bestia.

Me dejé maquillar y arreglar como si me estuvieran preparando para llevarme a la silla eléctrica. Por un lado tenía ganas de salir corriendo, pero por otro sabía que era inútil, que tenía que pasar lo que tenía que pasar y que cuanto antes pasara, mejor. Fui hacia el plató (por suerte aquel día no tocaba mojarse) y allí me reuní con mi adorado Romeo. Estaba precioso, no lo negaré, y eso a pesar de que el maquillaje que a él le ponían intentaba darle aspecto de enfermo, con ojeras y demás. Pero por mi parte le miraba y sentía lo mismo que si me tocara morrearme con Godzilla.

Empezamos a rodar. La primera parte no planteaba dificultades. Frases cortas, poner carita de pena y poco más. Es muy difícil llorar bien o reír bien, cuando tienes que fingirlo. Pero hacer cara de preocupación, o de tristeza, o de estar pensativa, es lo más fácil del mundo. Cuando la cosa se empezó a poner tierna, se me hizo más duro: se me secaba la boca, se me trabó la lengua. *Ésa fue la primera vez que André ordenó que cortaran. Vuelta al principio, y así tres veces más. A la cuarta, André dijo:*

—Silvia, estamos intentando hacer una película. ¿Crees que te concentrarás antes de Navidad?

No le respondí. Me era muy difícil decir nada. Tenía la garganta como esparto. Me volví a uno de producción y le pedí agua. Me la trajeron.

—Está bien —*se dirigió André al resto del equipo, mientras yo bebía*—. Ahora empezamos desde la mitad. Lo del principio lo aprovechamos.

Volvimos a intentarlo. Esta vez la parte complicada llegó en seguida, porque habíamos empezado desde más adelante. Dije mis frases sin equivocarme y tocó lo del beso. Michel se abrazó a mí, de una forma bastante más pegajosa de lo que nos habían indicado, y una décima de segundo después sentí su lengua dentro de mi boca. Sabía a tabaco y a menta. Odio la menta. Me entró una arcada y me lo quité de encima de un empujón.

—¡Corten! —*vociferó André.*

Tomé aire a bocanadas. Michel sonreía con cara de inocencia, como diciendo que a él podían registrarle. El director perdió los estribos:

—Joder —*gritó, en español*—. ¿Y ahora qué pasa?

—Que me he atragantado —*dije.*

—Vale, maldita sea —*se resignó*—. Vamos otra vez.

Antes de empezar de nuevo, le advertí a Michel en voz baja:

—Si vuelves a meter la lengua, te la arranco de un mordisco, la escupo por el váter y tiro de la cadena.

—Me gusta tu punto salvaje —*repuso*—. Pero no te atreves, ya verás.

—Atrévete tú a comprobarlo —*le desafié.*

Volvimos a la escena. En el momento del beso, Michel aventuró la punta de la lengua. Cerré los dientes, pero no me dio tiempo a engancharle. El muy cobarde la había retirado, y mis dientes chocaron contra los suyos.

—¡Corten! —aulló André, desesperado.

Vino hacia nosotros. Caminaba despacio, con la barbilla contra el pecho, mirando un poco esquinado hacia donde yo estaba. Cuando estuvo a nuestra altura, se detuvo a mi lado y preguntó:

—¿Qué pasa, Silvia, que nunca habías besado a un chico?

Le aguanté la mirada, no pude hacer más.

—Yo creía que las españolas eran ardientes —se burló André—. Ahora va a resultar que ni siquiera saben dar un beso. ¿No te parece guapo Michel?

Volví a quedarme callada, mirándole.

—Respóndeme algo, me cago en todo —gritó.

Sentí que las lágrimas asomaban a mis ojos. No quería que cayeran, por nada del mundo quería darle ese gustazo. Pero me sentía tan pisoteada, y tan injustamente, que no pude contenerlas. Resbalaron por mis mejillas y seguí mirándole, sin alterar el gesto. Él no esperaba que le plantara cara.

Fueron unos segundos muy largos, y no sé cuántos más habrían transcurrido si no se hubiera acercado alguien a ayudarme.

—Deja que la chica descanse un poco —pidió una voz detrás de André.

Se trataba de Valérie. Aunque no era más que una actriz secundaria, lo que quería decir que nadie allí le tenía demasiado respeto, hizo lo que ninguno habría osado hacer. Vino y se interpuso entre el director y yo.

—¿Quién te da vela en este entierro? —la increpó André.

—La vela me la doy yo —respondió Valérie, sin arrugarse—. Me la llevo cinco minutos. Y tú aprovecha para meditar un poco. Y para avergonzarte, suponiendo que todavía te quede un poco de vergüenza.

—Eh, Valérie... —empezó a decir André.

132

—Adiós —le cortó mi protectora.

Me llevó a la caravana y allí me consoló. Al verme sola con ella dejé que saliera toda la rabia que tenía dentro. Valérie me dijo:

—Venga, desahógate. Pero ahora vas a volver, vas a hacer la escena y vas a dejar a ese borrico sin pretextos para meterse contigo.

Volví e hice la escena, qué remedio. Michel no intentó nada con la lengua, y cuando acabamos André no ordenó que la repitiéramos. Noté que me observaba con aire culpable, como si se diera cuenta de lo canalla que había sido. Me dio igual. Lo único que quería era perderlo de vista.

Esa noche, a las tres de la mañana, me desperté con la boca seca, como la había sentido durante aquella escena repugnante. Me levanté y fui a la cocina a buscar un poco de agua. Me senté ante la mesa, con un vaso y una botella, y me bebí medio litro a sorbos grandes y espaciados.

Una figura apareció en el umbral. Era Eric. Tenía todo el pelo revuelto y vestía un skijama rojo. Sus ojos parecían difuminados por una especie de niebla, o podía ser la niebla de los míos. Como Ariane dormía, susurró:

—¿Te encuentras bien?

Le observé un segundo, un poco aturdida.

—No —respondí.

—¿Mal del cuerpo o del espíritu?

—Del espíritu, supongo.

—Si puedo ayudarte en algo...

Pensé en la posibilidad. Hablarle de mis problemas, tenerlo un rato escuchando y luego recibir una palmadita de adulto en la espalda. No. La verdad era que no me apetecía demasiado. Así que me escurrí:

—No, ya se me pasará. Son tonterías.

Eric pareció cerciorarse durante un momento. Después dijo:

—Si dejaran de serlo, aquí me tienes. No te prometo que

sepa arreglarlo, pero lo intentaría. Te debo una, ya sabes. Hasta mañana.

No se quedó ni un segundo más. Desapareció, tan silencioso y discreto como había venido. Esa noche tardé en dormirme, y hasta que el sueño me pudo seguí oyendo sus palabras, aquí me tienes, *una y otra vez.*

12

Sueños que se derrumban

El día siguiente era sábado y no había rodaje, así que aproveché para dormir hasta las doce y tratar de recuperar el sueño que había perdido. Cuando me desperté y fui a la cocina a desayunar, me encontré con una Ariane fresca y sonriente y una sorpresa. O mejor dicho, dos. Sobre la mesa me aguardaban dos regalos. Uno aparatoso y otro mucho más sencillo.

El aparatoso era un inmenso ramo de flores, con un sobre prendido al celofán que tenía alrededor. El otro era un paquete envuelto en papel de unos grandes almacenes. Por la forma, parecía un libro.

—¿Y esto? —pregunté.

—Tú sabrás —respondió Ariane—. Los dos son para ti. Uno sé quién te lo manda, porque lo trajo en persona esta mañana. El otro, no tengo ni idea.

—Me dejas intrigada.

—Bueno, mira la tarjeta que habrá dentro del sobre y abre el paquete. Así saldrás de dudas. ¿Por cuál empiezas?

Empecé por el ramo. Era un ramo precioso, enorme, que debía de haber costado un dineral. En París las flores son carísimas. Abrí el sobre y, en efecto, encontré una tarjeta en el interior. Decía: «Espero que puedas perdonarme por

135

portarme como un imbécil. Por herirte, a ti que eres lo único que hace que en estos días haya alguna luz». Y venía firmada: «André».

—¿Lo ha traído él? —pregunté a Ariane.

—No sé quién es él —repuso Ariane, con un gesto malicioso—. No fisgo en la correspondencia ajena. Pero no. Eso lo trajo un repartidor.

Guardé la tarjeta en el sobre y cogí el paquete. No era muy difícil abrirlo, porque sólo tenía una tira de celo pegada en el lado por el que se cerraba. Como ya había imaginado, se trataba de un libro. El título era, escrito, Le Grand Meaulnes, que viene a pronunciarse algo así como Le Ggan Moln. Y el autor era un tal Alain-Fournier. Estaba en francés, lo que significaba que quien me lo regalaba tenía demasiada confianza en mi dominio de ese idioma. Busqué el comienzo, para ver cómo me resultaba de difícil la primera frase. Decía así: «Il arriva chez nous un dimanche de novembre...» O lo que es lo mismo: «Llegó a nuestra casa un domingo de noviembre...»

Me acordé de alguien que había llegado a nuestro apartamento, también, un domingo de noviembre. Y cuando vi, unas páginas más atrás, que el libro traía una dedicatoria, supe quién la firmaba antes de leerla. Era muy corta: «Esto es lo mejor que conozco contra los males del espíritu. Eric».

—Qué detalle —dije.

—Una cosa puedo jurarte —aseguró Ariane—. Es su libro favorito.

—¿Tú lo has leído? —pregunté.

—A ver. Por fuerza. Si no lo leo, todavía me estaría persiguiendo.

—¿Y?

—No está mal.

Meneé la cabeza.

—Como siempre, Ariane, tu opinión es de lo más entusiasta.

—Es un libro, nada más. Tiene su mérito, sí. La historia es interesante y el personaje de Meaulnes también, hay que reconocerlo. Si me guardas el secreto, creo que mi hermano siempre ha querido parecerse a él.

Me quedé mirando durante unos instantes las flores de André. Eran bonitas, desde luego, y lo que había escrito en la tarjeta demostraba cierta nobleza de sentimientos por su parte. Por lo menos se daba cuenta de que había obrado mal y tenía la decencia de pedir disculpas. Sin embargo, aquel suntuoso ramo de flores, comparado con lo que prometía el libro, me pareció un armatoste sin ningún valor. Las flores eran sólo flores, pero en aquellas páginas, si había que creer a Ariane, estaba la clave de lo que el escurridizo Eric era o quería ser. Tu libro favorito, pensé, es una especie de pista sobre lo que te importa y sobre lo que buscas en la vida. Me angustiaba un poco que estuviera en francés, por lo que pudiera escapárseme. Y deseaba ponerme a leerlo cuanto antes, para empezar a saber.

Aquí tengo que confesaros algo que seguramente ya habréis adivinado. A medida que pasaban los días, me iba dando cuenta de que Eric me gustaba. No un poco, como me habían podido gustar otros, sino mucho. Y no porque fuera guapo, aunque no estaba mal, sino por la manera de comportarse, esa serenidad con que te hablaba y te miraba, esa forma de quedarse siempre en la sombra y de guardarse lo que pensaba y lo que hacía, como si no tuviera nunca intención de impresionar. Por un lado me fastidiaba, porque siempre me dejaba con las ganas de averiguar más, pero al mismo tiempo me atraía. Me gustaba también cómo se me había acercado aquella madrugada en la cocina: su ofrecimiento para ayudarme, sin tratar de entrometerse. Pero lo que más me desarmaba de él, en el fondo, era otra cosa. Siempre he sabido cómo gustar a los chicos, cuando me lo propongo. En realidad, lo he conseguido hasta cuando no quería atraerlos, incluso sin hacer nada. Supongo, bueno, es algo más que un suponer, que había intentado que Eric también se sintiera atraído por mí. Y hasta ese momento, no daba la impresión de que hubiera tenido el menor éxito. Me trataba con deferencia, podía incluso preocuparse por mí, pero como lo habría hecho con cualquier otra niña desvalida. Y no era eso, precisamente, lo que yo quería parecerle.

Por eso, no os extrañará que aquel sábado le dijera a Ariane que no me apetecía salir y lo dedicara casi entero a leer aquel libro, Le Grand Meaulnes, que en español se llamaría El gran Meaulnes. Me senté en el mejor sillón, me puse el diccionario al lado para buscar las palabras que no entendiera y me sumergí en la lectura. Sabéis que no soy excesivamente aficionada a leer. Pero el libro me envolvió desde el principio en su halo misterioso y romántico, y aunque estuviera escrito en aquella lengua que no era la mía y que tenía que descifrar a veces como un acertijo, no pude soltarlo hasta que lo terminé. No sé muy bien cómo explicarlo: mi corazón comprendía la historia y los sentimientos de aquellos personajes más allá de lo que mi cerebro entendía el francés. Desde el principio supe que Meaulnes tenía un secreto que explicaba su desconcertante comportamiento, y no pude parar hasta descubrirlo, como hace el narrador, al final de la novela.

El libro cuenta la historia de dos chicos, François Seurel, el narrador, y su amigo Augustin Meaulnes, a quien todos llaman el gran Meaulnes, porque es más alto que los demás chicos y por su espíritu aventurero y fantástico. Al principio del libro, Meaulnes es un estudiante que viene de fuera a alojarse en casa de François, que es hijo del maestro del pueblo. Allí traban amistad. François es un chico tímido, un poco acomplejado por una cojera que le dejó una enfermedad. Meaulnes es impulsivo y generoso, aunque más bien reservado. Sin embargo, con François toma en seguida confianza, y los dos hacen frente común contra los de-

más chicos del pueblo. La historia que cuenta la novela gira alrededor de una aventura fabulosa que vive Meaulnes un día que se pierde en el campo y llega a una casa donde se está celebrando una extraña fiesta. Hay gente disfrazada, niños y mayores, música y un gran banquete. Todo es en honor del hijo de los dueños, Frantz de Galais, que va a casarse con una chica de otro pueblo. Meaulnes se siente fascinado por aquel ambiente mágico, y sobre todo por una hermosa joven, Yvonne de Galais, la hermana del novio. Pero la fiesta acaba mal. El novio llega solo, porque la chica que iba a casarse con él ha cambiado de opinión. La fiesta se deshace apresuradamente y Meaulnes vuelve a casa en el carro de unos invitados. Con las prisas y el cansancio, no se fija en el camino, y cuando llega al pueblo se da cuenta de que no sabe cómo regresar a la casa donde vive Yvonne, la chica que le ha robado el corazón. Durante mucho tiempo, la obsesión de Meaulnes es encontrar el camino hacia la casa perdida. Mira mapas, explora los alrededores, pero no consigue dar con ella. Al cabo de los meses, le llegan noticias de que Yvonne se ha mudado a París y decide ir a buscarla. Ése es el momento en que se separa de su camarada François, y como él es quien cuenta la historia, dice que al ver cómo se va el gran Meaulnes siente que con él se va su adolescencia. Ya se acabaron los juegos que compartieron, incluida aquella búsqueda febril de la casa inaccesible, aquella aventura y aquel sueño que él había vivido junto a su amigo, ayudándole en sus pesquisas. Meaulnes no consigue encontrar a Yvonne en París, y por las cartas que le manda a François, éste nota que se hunde más y más en la depresión. Pero ahí no acaba la historia. Un día, algún tiempo más tarde, cuando ya ha dejado de ser un niño, es el propio François quien encuentra a Yvonne. Consigue que ella y su amigo se reúnan. Ella le recuerda a él y corresponde a su amor, pero sorprendentemente el gran Meaulnes no parece feliz y sólo piensa en marcharse...

Pero bueno, no os voy a contar la historia entera. Al final se comprende por qué Meaulnes no puede ser feliz con Yvonne, y es un secreto que tiene que ver con el resto de la historia. El libro acaba de una forma muy triste, pero a pesar de eso mi sensación al cerrarlo no fue de tristeza. La historia era tan sugerente y tan emocionante que te hacía sentirte bien, aunque no todo les saliera como una hubiera querido a sus protagonistas. Además, llegas a averiguar que el comportamiento de Meaulnes, que visto desde fuera podría parecer a veces malvado y cruel, es todo lo contrario. Cuando descubres su secreto ves que obra así por generosidad, porque ha puesto tanta fe en su sueño de juventud que no puede consentir ser feliz mientras haya otros que formaron parte de ese sueño y que son desgraciados.

Me gustaba eso, me gustaba que alguien se sacrificara de esa forma aunque nadie supiera por qué, aceptando que todos le considerasen un canalla cuando no lo era en absoluto. Me gustaba ese personaje de Meaulnes que hacía lo que creía que tenía que hacer y que ponía en ello toda el alma, sin pedirle ayuda a nadie. Y hubo momentos de la historia, cuando Meaulnes busca a Yvonne en París, bajo la lluvia, o cuando visita a un personaje que vive en una calleja de cerca de Notre-Dame, en los que me era imposible no sentirme muy cerca de él, en las mismas calles por las que yo había paseado mi felicidad al principio y mi desengaño después. Tal vez por eso me atrapó el libro: porque era como si me contaran mi propia historia.

Sin duda, Eric había acertado con el regalo. Leer aquella novela fue una medicina contra mi mal de espíritu. También la historia de Meaulnes era la historia de una decepción, de cómo un sueño se venía abajo: lo mismo que me estaba pasando a mí con París y con el cine. Pero aquel escritor, aquel Alain-Fournier, conseguía que el relato de algo así no fuera oscuro y deprimente, sino esperanzador. Os he dicho que el final es triste, y es cierto. Pero a Meaulnes le

140

queda una ilusión para el futuro. Y eso le hace a una pensar que cuando los sueños se derrumban, no se acaba todo. Que siempre quedan muchas cosas que merecen la pena y que se pueden salvar. Muchas cosas que a lo mejor estaban ahí desde antes y que valen tanto o más que los sueños perdidos. No podía saber si Eric me había regalado el libro creyendo que yo llegaría a esa conclusión, o si le había salido la jugada de carambola. Tampoco sabía si pretendía algo o no, la verdad.

Lo que sí sabía era algo más sobre él. Nada definitivo, nada que estuviera muy claro o que pudiera explicar con palabras, pero algo. Sabía que teníamos mucho en común, porque aquél también era ahora mi libro favorito. Sabía que sus silencios eran como los del gran Meaulnes, y que también se resignaba a que los demás se imaginaran de él lo que no era. Por eso no le importaba parecer indiferente, o distante, cuando era, en realidad, atento y cariñoso. Bueno, esto último no lo sabía, pero quise creerlo.

Cuando terminé el libro debían ser más allá de las siete y media. Ya había anochecido y afuera, en la plaza de la Madeleine, llovía a cántaros. Como de costumbre. Ariane no había vuelto y su hermano tampoco. Yo estaba sentada junto a la luz, no demasiado fuerte, de una lámpara de mesa. Seguía absorta en el libro y en todo lo que me sugería sobre Eric, cuando de repente, sacudiéndome como un terremoto, sonó el teléfono. Me abalancé a cogerlo con el corazón latiéndome a mil por hora. Era André:

—Hola, Silvia. ¿Recibiste las flores?

Me costó recordar a qué flores se refería, incluso me costó reconocer aquella voz y darme cuenta de quién era el dueño. Volvieron a mi mente un montón de recuerdos que habría preferido mantener alejados: la película, Chantal, las broncas, todo lo que iba a ser y no había sido.

—Sí —dije, todavía aturdida.

—Espero que seas capaz de perdonarme.

—¿Qué?

—Perdonarme —insistió—. Por lo estúpido que fui ayer.

No me apetecía nada aquella conversación. No tenía la cabeza en eso, ni veía por qué debía consolarle yo a él. Pero traté de ser amable:

—Estabas nervioso. No importa.

—Entonces, ¿me perdonas? —casi suplicó.

Me molestó su actitud. Yo no quería decirlo, no tenía ninguna gana de pronunciar esas palabras que él deseaba escuchar: «Sí, te perdono».

—No pasa nada —respondí.

Hubo un breve silencio. Pero no me lo pidió otra vez.

—Tengo una idea —dijo de pronto.

—¿Cómo?

—Una idea. Paso a buscarte dentro de una hora y te llevo a cenar. Quisiera contarte un par de cosas que creo que debes saber.

Su voz sonaba muy animada, como si aquel ostentoso ramo de flores y la llamada hubieran borrado todo lo que había sucedido la víspera y yo debiera sentirme la chica más feliz del mundo por recibir una vez más la invitación del gran André para salir a cenar en un restaurante caro de París. A mí el plan me tentaba tanto como dejarme aporrear la cabeza con un bate de béisbol. Ni siquiera esas confidencias que me anunciaba lograban aumentar mi escaso interés. Pero no reaccioné con la energía suficiente.

—Verás, esto... —dudé.

—Nada. No admito excusas. Dentro de una hora.

Y colgó. Con lo que me colocaba ante una difícil tesitura. Una hora después André estaría llamando al timbre. Tendría que decirle que se volviera por donde había venido, o podía marcharme yo antes de que llegara, para ahorrarme aquella embarazosa situación. Seguramente debería haber hecho eso, largarme, aunque hiciera una noche de perros. Pero por alguna razón no me atreví. Maldiciéndome a mí misma, me vestí y esperé a que viniera. Procuraba convencerme de que aquello era lo correcto. Si alguien quería explicarse, tampoco había que negarse a escucharle. Todo el mundo puede equivocarse, y todo el mundo tiene derecho a rectificar, me decía. Por otra parte, André seguía siendo el director de la película en la que yo trabajaba, y tampoco era cosa de tratarle a patadas ahora que venía arrepentido y deseando justificarse ante mí. Estuve dando vueltas a todas estas razones y a muchas más, pero ninguna terminó de convencerme. Por encima de todo tenía la sensación de que dejarme invitar a esa cena era un error y de que iba a lamentarlo. Lo que no sospechaba era hasta qué punto.

André llegó a la hora prometida. Se había puesto muy elegante y me acompañó todo solícito hasta su impresionante Mercedes deportivo. Era un coche precioso, no voy a decir que no, pero cuando me abrió la puerta y la sostuvo para que yo entrase, lo hice silenciosa y sin ninguna gana.

En el camino hacia el restaurante, André no dejó de hablar ni un solo momento. No recuerdo de qué. Del tráfico, del sitio donde íbamos a cenar, de todos los accesorios que tenía el coche. Qué sé yo. Ni siquiera le escuchaba. Me acordaba de un momento del libro, cuando el gran Meaulnes, que no ha podido encontrar a su amada Yvonne, sale por desesperación con una chica a la que no quiere, Valentine. Pero aquello era diferente. Yo iba sentada en aquel Mercedes contra mi voluntad, y lo único que deseaba era que el tiempo pasara rápido para volver a casa, donde podría volver a ver a Eric. Era aquel pelmazo insufrible el que lo estropeaba todo. En cada semáforo ante el que nos parábamos tenía que hacer esfuerzos sobrehumanos para no abrir la puerta y bajarme sin más del maldito Mercedes.

La primera parte de la cena, que esta vez era en un restaurante menos lujoso que las otras, aunque más acogedor, siguió en la misma línea. Él hablando y hablando de asuntos sin importancia, y yo soportándolo a duras penas. Procuré entretenerme con la comida, tan rara y tan deliciosa como sólo puede serlo en París, pero tampoco tenía mucha hambre. En fin, que allí estaba, sufriendo mansamente, cuando André cambió de tono, dejó de parlotear sobre tonterías y mirándome a los ojos, me dijo:

—Te debo una explicación, Silvia.

Sostuve su mirada, pero no abrí la boca.

—Es sobre lo que ha pasado estas últimas semanas —continuó—. Es difícil para mí hablarte de esto. Te habrás dado cuenta de que hemos tenido que cambiar mucho la película. Quiero que sepas que el primero que está dolido por eso soy yo. Siento que han arruinado mi proyecto. Lo que yo tenía en la cabeza era muy distinto. Era una historia para ti, Silvia.

Tanto oírle decir mi nombre me mosqueaba. ¿Qué esperaba, que me emocionara con aquella confesión? Seguí sin inmutarme.

—Pero la vida —añadió—, y el cine, y toda la mierda que hay alrededor, si me permites la palabra, a veces te quitan todo de las manos. Tengo una montaña de compromisos, obligaciones, contratos con gente que no entiende nada más que de dinero y de plazos y de beneficios. Gente a la que no le importa el cine, sino ganar todo lo que pueda. Y eso me obliga a aceptar lo que por mi propio gusto no aceptaría. Así es el negocio, ma chérie.

Si aquella cena hubiera sido dos o tres semanas antes, el truco podía haberle funcionado, y me habría dado muchísima pena. Pero André me había hecho daño, y eso no me había dejado más remedio que endurecerme frente a él. Sus lloriqueos resbalaban sobre mi corazón como la lluvia sobre un bloque de pedernal. Le observé, callada como una tumba.

—Lo de Chantal, por ejemplo —dijo—. Si ahora pudiera volver atrás, lo último que haría sería contratarla. La despeñaría por un acantilado, la empujaría al paso de un autobús —se rió de su propio chiste, aunque yo no le vi la gracia—. Es una mujer abominable, una actriz rancia y em-

palagosa. Pero tiene amigos, influencias, demasiados ases en la manga. No me queda otra solución que concederle todos los disparates que me exige.

—Pues sí que es un mal rollo —me limité a opinar.

—¿Un mal qué?

—Rollo. Que tienes mala suerte, vamos.

A André se le iluminó la cara.

—Sólo de momento —aseguró—. De eso quería hablarte. Esta película ya es historia. Vendrá bien, para darte a conocer, pero yo estoy pensando en las próximas. Ésas las prepararemos mejor, aprenderemos de todos los errores que hemos cometido aquí. No habrá una Chantal que nos lo estropee.

A renglón seguido, André se lanzó a contarme un sinfín de maravillas sobre los nuevos papeles que tenía para mí, sobre todas las películas en las que iba a ser por supuesto la protagonista, etcétera. Quería que olvidase lo pasado como se olvida una pesadilla y que me quedara en París. Ésa era su propuesta. Esperaba que los pequeños roces que habíamos tenido no influyeran en mi decisión. Y hablando de roces, su mano tocó distraídamente la mía. Mientras la apartaba, le dije que tenía que pensarlo. Y aproveché el momento para bostezar y sugerir que ya era un poco tarde.

André me llevó de vuelta a casa cargado de optimismo. Debía de suponer que todo estaba resuelto, que su magnífica puesta en escena había apabullado a la niña tonta y que a partir de ahí todo iría de perlas. Y cuando paró el coche delante del portal y quitó el contacto, se le fue la mano.

Al principio no entendí. Le vi volverse, alargar el brazo, pero no pude reaccionar antes de que me cogiera por el cuello y susurrara:

—Silvia...

Entonces me revolví, furiosa, y le grité:

—Déjame.

Pero no me soltó. Me cogió más fuerte y dijo:

—Tranquila, mujer.

—Que me dejes —volví a gritar, ya histérica.

En ese momento se abrió violentamente una puerta. Su puerta. Una mano se aferró a su solapa y tiró de André. Reconocí la voz cuando dijo:

—Sal de ahí, imbécil.

13

La ilusión de vivir

Al principio, André se quedó como idiotizado. Eric le había sacado del coche, le había empujado contra el capó y ahora le fulminaba con la mirada. Yo aproveché para bajarme, sin perder ni un segundo.

—¿Qué pasa? ¿Quién eres tú? —preguntó André.

—Soy tu ángel de la guarda —respondió Eric—. Me ocupo de evitar que hagas lo que no debes. Pero si vuelvo a pillarte en una de éstas, me olvido de que soy un ángel y te arranco el hígado.

—Oye, no sé quién te invita a meterte —dijo André, con voz entrecortada—, pero te estás equivocando. No pasa nada. La chica trabaja conmigo, estaba un poco nerviosa y trataba de calmarla. Nada más.

—¿Estabas nerviosa, Silvia? —me consultó Eric.

—Deja que se vaya —le pedí, sin mirar a André. Por encima de todo, lo que deseaba era perderlo de vista cuanto antes.

—¿La conoces? —se asombró André.

—La conozco —contestó Eric—. Y a ti también. Sé quién eres, dónde vives, qué haces y ahora también la matrícula de tu coche. Si me entero de que vuelves a molestar a una chica, te lo quemo todo. Anda, lárgate.

—No, no me quedo nada tranquilo dejándote con este tipo, Silvia —tartamudeó André, mientras retrocedía hacia la puerta—. Tengo una responsabilidad sobre ti, no sé lo que pensarían tus padres...

Escucharle me daba náuseas. Tuve que hacer un esfuerzo para decir:

—Puedes irte sin miedo. Es un amigo.

Y eché a andar hacia el portal. Eric se quedó allí hasta que André subió de nuevo al coche, lo arrancó y enfiló hacia la plaza. Luego vino a reunirse conmigo. Me cogió por los hombros y preguntó:

—¿Estás bien? ¿Te hizo algo?

—Sí, no —me lié—, estoy bien, no pasó nada.

Me miraba dentro de los ojos, como si quisiera asegurarse de que no le mentía. Sentí su mirada, el calor de sus manos en mis hombros. La verdad, aunque le hubiera dicho que sí, era que no estaba bien. Estaba asustada, desengañada, rabiosa. No pude seguir aguantando y me eché a llorar. Normalmente me fastidia, cuando no soy capaz de controlar las lágrimas, sobre todo si me pasa delante de un hombre, pero con Eric era distinto. Tenía una necesidad insoportable de desahogarme y él era alguien que me ofrecía confianza. Quizá el único, en aquella ciudad fría y despiadada en la que me sentía más sola y más extranjera que nunca.

Eric dejó que llorase sobre su hombro, hasta que se me pasaron el sofoco y el miedo. No pronunció una palabra, sólo puso las manos en mi espalda y las mantuvo ahí, quietas. Cuando me separé de él, me limpió las lágrimas con un pañuelo y luego me lo dio. Mientras yo me sonaba, dijo:

—Es bueno que hayas llorado. No hay que dejar que las cosas se pudran en el corazón, porque tiene que servirte para mucho tiempo.

—¿Por qué ha tenido...? —hipé.

—No —me prohibió—. Ahora no es momento para pensar en nada. Ahora tienes que subir, tranquilizarte y des-

148

cansar. La noche está demasiado mala y ya no son horas para que una niña juiciosa ande dando tumbos por ahí.

—No soy una niña —protesté.

—Creí que ibas a decir que no eras una niña juiciosa —se burló.

—No. Quiero decir que no soy una niña, punto —insistí, ofendida.

Eric me observó, despacio. La sonrisa se borró de su rostro.

—Ya lo sé, Silvia —admitió—. Ya sé que no eres una niña. Pero una mujer también debería subir a dormir y olvidarse hasta mañana.

Era inútil discutir. Sabía que tenía razón y justamente eso, acostarme, era lo que yo misma prefería hacer. Entramos en el portal, tomamos el ascensor y subimos a nuestro piso. En el ascensor Eric no habló. O no habló con la boca, porque sus ojos me lo decían todo, todo lo que yo quisiera interpretar. No eran, como habían sido hasta entonces, unos ojos huidizos y ausentes. Estaban fijos en mí, me acariciaban, me protegían.

Ariane se extrañó de vernos llegar juntos. Mucho más cuando notó las huellas del llanto reciente en mi cara.

—¿Qué pasa? —preguntó, mirándonos alternativamente a los dos.

—Nada —respondió Eric—. Silvia ha tenido un pequeño contratiempo, abajo. Pero ya pasó.

—¿Un contratiempo? ¿De qué habla este chalado, Silvia?

—No te metas con él —le defendí—. Si no es por tu hermano, me temo que esta noche habría acabado bastante mal.

—Bueno, lo que me faltaba —dijo Ariane—. ¿Alguno me quiere explicar qué demonios pasa, antes de que me vuelva loca yo también?

—Anda, deja que se acueste, que está cansada —intervino Eric—. Buenas noches, Silvia. Si necesitas algo, aquí estamos.

Aquella noche dormí profundamente, sin sueños. Cuando me desperté al día siguiente, que era domingo, ni siquiera recordaba lo que había pasado. Incluso tardé un rato en comprender que estaba en París, que trabajaba en una película, que vosotras dos estabais lejos y que, por cierto, con todo el follón de los últimos tiempos me había olvidado de escribiros. O quizá no me había olvidado. Quizá era que me costaba coger papel y bolígrafo para contaros que todo se había torcido, que mi sueño de París se había vuelto una pesadilla y que me arrepentía de haber hecho el viaje.

Pero tampoco esto último era del todo cierto, y lo fue todavía menos cuando me levanté y fui a la cocina, donde encontré a Eric ante una mesa puesta con mantel y dos platos para desayunar. Al acordarme de él, un minuto antes, había asumido que ya se habría marchado, como era habitual, incluso los domingos. Pero no, allí estaba, sacando la mantequilla, sirviendo zumo, tostando pan. La que no estaba era su hermana.

—Hola —dije—. ¿Y Ariane?

—Ha salido a correr. Supuso que no te levantarías temprano.

—He dormido como un tronco, es verdad.

De pronto, no supe qué añadir. Me quedé allí quieta, en el umbral. Eric no necesitaba hablar para estar a gusto. Pero yo me sentía rara.

—¿Estás haciendo el desayuno? —pregunté.

—Sí.

—Es muy amable por tu parte.

—Bueno, no está de más cuidar a los demás de vez en cuando.

—Por cierto que todavía no te he dado las gracias —caí en la cuenta.

—No hace falta. Hice lo que debía.

—En serio. Me vi en una situación muy desagradable.

Eric dejó lo que estaba haciendo y me miró con gesto severo.

—Vamos a hacer lo siguiente —dijo—. Vamos a olvidarnos del incidente por hoy. Y a partir de mañana, ya harás lo que haya que hacer. Para empezar, creo que no deberías volver a salir de noche con cierta gente.

—De eso no cabe duda —admití, avergonzada.

—Muy bien. Lo demás es asunto tuyo. Tú debes pensarlo y decidir lo que te conviene. Nadie puede hacerlo por ti. Una cosa sí te digo.

—Qué.

—Que no te preocupes por él. Todavía le andan temblando las piernas. Un escándalo sería su ruina, y nada puede aterrorizarle más.

Pensé que Eric sabía lo que se decía. Debía saberlo, para estar tan tranquilo cuando su propia hermana trabajaba en la misma película, a las órdenes de André. Quise preguntarle qué le había contado a ella y qué opinaba Ariane, pero pensándolo un poco me pareció que no era lo más indicado. Ya lo averiguaría por ella misma, cuando volviera.

—Pero basta ya de esa historia —dijo, cambiando de tema—. Ahora vamos a desayunar. Y si te dejas, te invito a dar un paseo.

—¿Un paseo? —no podía creer lo que había oído.

—Sí, un paseo. Por mi lugar favorito de París.

—¿Qué lugar es ése?

—Ya lo verás. Si aceptas mi proposición, naturalmente.

Apartó la vista, como si no las tuviera todas consigo, como si hubiera alguna posibilidad de que yo le dijera que no. Pero no la había.

—Claro que la acepto —dije.

Desayunamos, y por primera vez desde que le conocía, él habló más que yo. Se explayó sobre su tesis, que era acerca de un tal Marcel Proust, un autor que había escrito un libro de tres mil páginas titulado **En busca del tiempo perdido** y que había vivido y muerto en París entre finales del siglo XIX y principios del XX. Había infinidad de documentación sobre él, por lo visto, y era difícil hacer algo original, porque ya se había escrito mucho sobre su obra. Pero Eric estaba empeñado en contar algo que no se hubiera contado nunca, en descubrir aspectos ocultos del personaje. Por eso se pasaba los días en la biblioteca y en los archivos, buscando y buscando. Y algo encontraba, me dijo, con una sonrisa satisfecha.

Luego cogimos el metro, rumbo hacia aquel lugar que sólo él sabía. Yo me dejé llevar. Era una sensación inesperada viajar con Eric en los mismos vagones en los que antes había viajado sola, y que fuera él quien me guiase. Mientras íbamos en el tren, me percaté de otro fallo:

—Tampoco te di las gracias por el libro.

—¿Te vas a pasar todo el día dándome las gracias? —bromeó.

—Es que acabo de acordarme. Lo leí ayer, entero.

—¿Entero? Eso es darse prisa. ¿Pudiste entenderlo bien?

—Más o menos. Es un libro un poco extraño.

—Sí, eso han dicho siempre de él —asintió—. Pero a mí me gusta mucho. Me parece soñador y verdadero a la vez. Como si la realidad y el ensueño sólo fueran dos maneras de ver lo mismo. No se puede huir de la realidad, pero la imaginación es lo único que ayuda a soportarla.

—¿Tú crees?

—Fíjate en el propio escritor, Alain-Fournier. La novela está basada en su vida. Sus padres fueron maestros en un pueblo idéntico al del libro y muchos personajes están inspirados en personajes reales, desde los compañeros de clase hasta Yvonne de Galais. El autor tuvo también una amada imposible, que se llamaba Yvonne de Quiévrecourt. A partir de sus recuerdos imaginó una historia en la que viviría para siempre su paraíso perdido y que debió servirle para sobrellevar su fracaso con aquella chica.

—¿Qué fue de él después? ¿Se casó? ¿Tuvo hijos?

—No. Murió con veintisiete años, en la Primera Guerra Mundial.

152

La noticia me sacudió como si aquella muerte acabara de ocurrir. Le había cogido cariño, a Alain-Fournier, y más después de que Eric me contara lo de aquella Yvonne a la que había querido sin esperanza.

—Qué pena —dije.

—Bueno, la vida es así —observó Eric—. Para unos corta, para otros larga. A lo mejor tampoco importa tanto eso, sino lo que te da tiempo a hacer. Y a Alain-Fournier le dio tiempo a escribir **El gran Meaulnes**. Que no está mal.

Nos quedamos los dos en silencio, hasta que el tren se detuvo en una estación que se llamaba Père-Lachaise. Eric se puso en pie y dijo:

—Aquí es.

—¿Aquí? —pregunté—. ¿Y qué hay aquí?

—No seas impaciente. Ahora lo verás.

Lo que había, y lo que vi un minuto después, era un barrio de París que se llama Belleville. En ese barrio estaba el lugar al que Eric me llevaba. Un lugar que tenía, por cierto, el mismo nombre que la estación, Père-Lachaise. No imagináis lo que era: ni más ni menos que un cementerio.

—Voilà —dijo Eric, desde la entrada.

—No puede ser. Me estás tomando el pelo.

Eric meneó la cabeza, muy serio.

—No te tomaría el pelo nunca con algo así. Vamos dentro y te explicaré por qué es mi lugar favorito. Estoy seguro de que lo entenderás.

Una cosa sí tuve que reconocerle en seguida. No era un cementerio cualquiera. Estaba lleno de árboles inmensos, y las tumbas, casi todas de piedra gris cubierta de verdín, resultaban sugerentes y misteriosas. Vi montones de estatuas, capillas, mausoleos espectaculares. Eric me contó luego que en el cementerio hay obras de algunos de los mejores escultores franceses. A la pálida luz de aquella mañana de diciembre, las calles que serpenteaban entre las tumbas y las avenidas centrales, todas cubiertas de hojas secas, parecían el escenario de un cuento de fantasmas.

—Para mí —explicó Eric— éste es el mejor parque de París. Sobre todo, uno de los más tranquilos. Sus habitantes son muy silenciosos —sonrió con malicia—, y también los que vienen a visitarlos. Y me encanta la forma de laberinto que tiene, todas estas calles donde te puedes perder. Cuando quiero estar solo o meditar en paz, vengo aquí, y debajo de estos árboles se me ocurren las mejores ideas. A veces siento que los que aquí descansan son los que me ayudan a tenerlas. Es una sensación que me gusta mucho, como si les ayudara a vivir más allá de su muerte, en mi pensamiento.

Por un momento, recordé lo que Ariane, con su acidez proverbial, solía decir de su hermano: que le faltaba un tornillo, si no dos. Sin duda que aquella afición era rara, pero no me pareció estar oyendo a un loco.

—Este lugar está lleno de historias —prosiguió—. Las historias de todos los que un día vivieron y murieron y acabaron enterrados en este cementerio. Algunos, hace treinta años. Otros, hace tres siglos. Una gran parte de esas historias sólo podemos imaginarla. Pero otra parte está aquí, a la vista, escrita en la piedra. A mí me gusta buscar esas historias. Te encuentras algunas formidables. Y no necesariamente son amargas. Algunas parece que hubieran sido escritas por un humorista. Por ejemplo ésta. Mira.

Se acercó a una tumba que estaba a unos diez pasos del camino. Fui tras él y leí la lápida que me señaló. Decía: «Aquí yace Yves Morand, amante de la velocidad, muerto como quería, al volante de su Jaguar». Bueno, pensé, suponiendo que pudiera considerarse humor, era bastante negro.

—Pero personalmente yo prefiero otras historias —dijo Eric, al ver que no me reía demasiado.

—¿Cuáles?

—Las historias de amor. ¿Quieres ver algunas?

—Sí.

—Pues sígueme. Las mejores están bastante escondidas.

Eric se movía por las calles del cementerio con una soltura pasmosa. Torcía en las bifurcaciones como si se conociera el camino al dedillo. A los pocos minutos yo estaba completamente perdida. Mientras le seguía, empezaba a sentir la misma fascinación que a él parecía producirle aquel sitio. La atmósfera tan apacible, el ruido de los pájaros o del viento entre las ramas de los árboles, las tumbas que se extendían como un mar ante los ojos. Desde luego era algo diferente, algo que no existía en ninguna otra parte.

Eric se agachó ante una pequeña lápida que había entre dos cipreses, en medio de otras dos. Tenía grabado un nombre, Anne Marie Minel, dos fechas, 1780-1828, y un epitafio que decía: «Querida esposa, desde lo alto de esas regiones celestes que el buen Dios reserva a sus elegidos, escucha mi voz: ven, sombra amada, en el silencio de las noches, a consolar a tu marido». Y en mayúsculas, abajo: «REZAD A DIOS POR ELLA».

—Fíjate —dijo Eric—. ¿No es sobrecogedor? Hace ciento setenta y dos años, y es como si estuviera recién escrito. Supongo que él es el que está enterrado a la izquierda. Sólo con el nombre y la fecha. Puedes ver que no la sobrevivió mucho. Pero su mensaje de amor sí. Hasta hoy.

Me enseñó otras muchas tumbas como aquélla. A veces era el hombre, otras, la mayoría, era la mujer la que lloraba la marcha de su amado. Pero recuerdo una que me impresionó especialmente. Era una lápida blanca, de mármol, que tenía otra lápida gris, más alta, vencida sobre ella. Según la inscripción, allí estaba enterrada Eugenie de Beauvoir, muerta el 18 de noviembre de 1851, a la edad de quince años. Y el epitafio, me lo aprendí de memoria, rezaba así: «En el último lecho reposas, querida mártir, ángel del cielo; otros habrán conocido las rosas, tú no has conocido más que la hiel. De los desengaños te libra la muerte, en su esplendor te acoja Dios. Tú no has muerto, tú resucitarás, por toda la felicidad que aún te debe Él». Abajo del todo había un nombre, como una firma: «Roger de Beauvoir».

—Supongo que era su padre —dedujo Eric—. Siempre me he preguntado de qué moriría la pobre Eugenie. Tal vez de alguna muerte violenta, y por eso su padre la llama «querida mártir». ¿Te has fijado en esa otra lápida gris que parece inclinarse sobre la suya? ¿Sabes de quién es?

Me agaché para mirarla. No me sorprendió leer sobre ella el nombre de Roger de Beauvoir, muerto en 1865.

—Es muy bonito, pero también muy triste —dije, con el alma encogida.

Eric dejó escapar un suspiro.

—Yo siempre intento verlo de otra forma —respondió—. Intento ver que los sentimientos de las personas son capaces de atravesar el tiempo, hasta llegar a quienes hemos nacido mucho después. Intento pensar que merece la pena tomarles cariño a las cosas, y a la vida, y a la gente, aunque las cosas se pierdan, la vida se acabe y la gente se muera. Aunque pueda parecerte una tontería, vengo aquí porque me ayuda a mantener la ilusión de vivir.

—No me parece una tontería. Pero comprenderás que me choque.

—Piénsalo por un momento. Roger de Beauvoir y su hija Eugenie murieron hace siglo y medio, pero a ti y a mí su historia nos emociona hoy. Los dos viven en el latido de nuestro corazón. Siéntelo, y los sentirás a ellos.

Hice lo que me pedía. Y al mismo tiempo traté de imaginar cómo serían sus caras, la de Eugenie, la del infeliz Roger de Beauvoir.

—No te enfadarás si te digo algo —le solté de pronto.

—¿Enfadarme? —se sorprendió.

—Verás —dudé todavía—. A veces me resulta increíble que Ariane y tú seáis hermanos. No puede haber dos personas más opuestas.

Eric acogió mi observación con una sonrisa.

—No te creas —dijo—. Ariane es una chica muy sensible, quizá demasiado. Sufrió mucho, porque todo se le vino encima cuando apenas era una niña, y por eso le gusta jugar a ser cínica. Ahí es donde se equivoca, en mi opinión. No puedes pasarte la vida diciendo que todo lo que haces es una basura y que nada te importa un comino, porque ésa es la mejor manera de pudrirte el corazón. Si el cine le parece algo tan idiota y tan despreciable, debería dejarlo. Ni el dinero ni la fama merecen que uno se quede donde no siente que debería estar. La vida es demasiado corta para eso. Lo que yo creo, entre tú y yo, es que está hecha un lío. Pero ve a decírselo a ella.

—A mí me parece que le gusta el cine más de lo que reconoce. Y es una actriz estupenda. Ha nacido para interpretar.

—Ojalá tengas razón. ¿Quieres ver las tumbas de hombres famosos?

Se veía que aquello no le entusiasmaba tanto, pero seguramente lo propuso para alejar el asunto de su hermana, del que supuse que prefería no hablar. Dejé que me guiara, y así me enseñó la tumba de Balzac, la de Oscar Wilde y la de Jim Morrison, el cantante de un grupo llamado The Doors, que estaba rodeada por un buen número de fans. También había tumbas de generales, ministros, presidentes y otros hombres importantes. En algunas de ellas habían labrado sobre el mármol las condecoraciones que el muerto había ganado en vida, y las habían pintado de colores y todo.

—Hace falta ser bobo para querer llevarse las medallas —se mofó Eric.

La tumba que más me gustó fue la de un tal Victor Noir, sobre la que había una estatua de bronce muy sencilla. Representaba a un hombre joven que estaba tendido en el suelo, boca arriba, con un balazo en el corazón y el sombrero caído al lado. Su gesto era de una profunda paz.

La última tumba que visitamos fue la de Marcel Proust, el escritor sobre el que investigaba Eric. Estaba cubierta por una simple lápida, en mármol negro. Alguien había dejado una flor blanca atravesada encima.

—Pobre Marcel —dijo Eric—. Mira, su vida es una buena lección para todos esos que se creen que el éxito es lo más importante.

—¿Por qué?

—Sus primeros libros se los publicó él mismo, pagándolos de su bolsillo. Durante mucho tiempo, nadie le hizo ni caso, incluso se reían de él. Los críticos, los editores, los escritores famosos. Decían que escribía de una manera disparatada. Un día, de sopetón, le llegó un premio, el éxito. Todos le elogiaban. Y cuando apenas empezaba a saborearlo, se murió.

—Pues vaya.

—Ahora todos le consideran un clásico y para muchos es el mejor escritor de Francia. Pero todo eso a él ya no puede servirle. Lo que le sirvió fue lo que vio y lo que vivió cuando nadie le prestaba atención.

Mientras pensaba en aquella suerte tan cruel de Marcel Proust, me acordé de otro difunto del que habíamos estado hablando.

—Oye, y Alain-Fournier, ¿no está aquí? —le pregunté.

—No —contestó Eric, gravemente.

—¿Dónde está, entonces?

—Sólo se sabe que murió en un sitio llamado Les Éparges. Cayó al frente de su compañía, durante un ataque. Nunca encontraron su cuerpo.

Lo dijo como si fuera familia suya; igual que contemplaba aquella lápida negra. El viento le barría el pelo de la frente y sus ojos resplandecían.

Todavía estuvimos un buen rato paseando por el cementerio. A cada paso sentía más y más lejos todas las preocupaciones, y más y más cerca la voz de Eric, desenredando *para mí todas aquellas historias que me enseñaban a ver lo mucho que valía cada segundo que la vida nos regalaba. Era el tipo más lunático que había conocido en mi vida, pero no me cansaba de oírle. Deseé que aquel paseo no se acabara nunca, que el tiempo se detuviera y pudiera sentirle para siempre ahí, caminando a mi lado.*

Desde entonces, Père-Lachaise fue también mi lugar favorito de París.

14

Donde las palabras no sirven

Después de todo lo que os he contado hasta aquí, a lo mejor os sorprendo si os digo dónde estaba el lunes siguiente a primera hora. Pues sí, de vuelta en el rodaje, dispuesta a trabajar otra vez con aquel André en el que ahora no podía ni pensar sin recordar la asquerosa escena del coche.

El domingo por la noche había estado hablando con Ariane. Me había contado algunas experiencias parecidas que ella había tenido desde que trabajaba en el cine. Una, sin ir más lejos, con el propio André.

—Es la parte más incómoda de este circo —me había dicho—. A cualquiera le gusta ver que los tíos se pirran por una, pero eso, que está bien y además te hace sentirte la reina de la pista, se empieza a torcer cuando resulta que se pirra por ti quien a ti no te interesa que se pirre, y encima el sujeto en cuestión no se da cuenta de que lo último que te apetece es que te eche encima el aliento. Los tíos son a veces muy lentos para enterarse, y otras veces, como pasa con André, ni siquiera se quieren enterar. Al revés, creen que cualquier chica a la que ellos se dignan dar una oportunidad está a su disposición. Ni se paran a pensar en cosas elementales, maldita sea, como que sólo tienes dieciséis años. Pero mira, más vale que te acostumbres, que aprendas a pararlos y, sobre todo, a no darle mayor importancia. Dentro de un año, si sigues en el cine, habrá un montón de páginas en Internet sobre ti. Sobre mí, y mira que tampoco soy Julia Roberts, ya hay cientos, y en todas tienen las fotos que me hicieron en la playa hace un par de años sin la parte de arriba del bikini. Naturalmente que me revienta, pero todo se pasa. Es el precio que tienes que pagar por ser adorable, Sylvie.

Nunca estaba segura, cuando me decía esas cosas, si Ariane se estaba mostrando cordial o irónica conmigo. En todo caso, podía considerarla una amiga, y una amiga más experta de la que tenía mucho que aprender.

—Queda una semana de rodaje —me recordaba Ariane, a modo de conclusión—. Termina, llévate la pasta, y luego ya verás qué haces. Podrás meditar mucho mejor con una película en cartel y con tu nombre saliendo en todas partes. Eso te permitirá elegir lo que te apetezca.

El posible fallo de aquella teoría de Ariane era su propio ejemplo. Aunque su nombre venía saliendo en todas partes desde hacía años, no había que ser un lince para percatarse de que estaba muy lejos de vivir como deseaba, porque ella misma lo proclamaba una y otra vez. Pero no era nada fácil conseguir que Ariane reconociera sus contradicciones.

—Yo soy un caso aparte —decía, sonriente. Y enseñando una de las cicatrices de sus muñecas, explicaba—: Yo tengo que vivir con esto.

El caso es que, después de pensarlo mucho durante las dos horas que tardé en dormirme, a la mañana siguiente, cuando sonó el despertador, me levanté sin rechistar, me arreglé y me fui con ella a terminar aquella película. Coincidí con Eric al entrar en la cocina, mientras él salía camino de alguno de sus archivos. La tarde anterior, suponiendo que yo tendría necesidad de hablar con Ariane, se había quitado del medio discretamente. Al verle de nuevo tuve que reconocer que nuestro paseo de la mañana me había habituado demasiado a su compañía. Ya la echaba de menos.

Antes de irse, Eric me preguntó:

—¿Vas a acabar tu tarea?

—Sí —respondí.

—Muy bien —me dio su aprobación—. Sin miedo. Si hay algún problema, ya sabes que puedes llamar al Séptimo de Caballería.

—Lo que hace falta es que eso lo sepan los indios —dije.

—Lo saben —aseguró. Y yo le creí, porque habría creído cualquier cosa que él me hubiera dicho con aquella mirada en sus limpios ojos verdes.

Aun con esa tranquilidad, no fue un trago dulce volver a encontrarme con la jeta de André. Desde el principio él estuvo muy suave conmigo, pero ahora que no podía quedarme ninguna duda de que era un hipócrita, su amabilidad me valía de poco. La táctica que escogí fue guardar con él la máxima distancia posible y hacerle ver sutilmente que no me iba a olvidar de nada. Por su parte no hubo ninguna alusión al incidente. Nadie que nos viera desde fuera podía imaginarse lo que había por debajo. O casi nadie.

A la pérfida Chantal, que parecía tener un sexto sentido para estas cosas, algo le olió a chamusquina: quizá que André volviera a tratarme con respeto, después de haberme arreado tanto el viernes anterior. Como siempre que algo se escapaba a sus brujerías, Chantal reaccionó con un sigilo de serpiente. Nunca atacaba de cara, siempre prefería darte en un descuido, y si podía hacer algo por despistarte, mejor. Lo intentó conmigo el martes por la mañana, en un descanso del rodaje. Estaba yo sentada en una silla, absorta en mis pensamientos, cuando vino ella y se sentó a mi lado.

—¿Cómo te va, ma chérie? —preguntó, con su más estudiada sonrisa.

La miré a la cara un momento, antes de contestar. Iba como siempre, impecablemente maquillada, con los rizos rubios tan bien puestos que casi parecían esculpidos. Sus ojos celestes brillaban como estrellas en la noche.

—Me va bien, muchas gracias —dije, sonriendo aún más que ella.

—Hace un momento, cuando te he visto aquí, me he dado cuenta de que ya estamos acabando y apenas hemos tenido ocasión de intimar —se dolió.

—Es normal, con todas las complicaciones del rodaje.

—Pero bueno —exclamó Chantal, cantarina—, la vida no se acaba cuando acabe el rodaje, ¿no te parece?

—Desde luego —respondí.

—Se me ha ocurrido una idea. Cuando terminemos, vendrás a pasar una semana de vacaciones a la casa que tengo en la Costa Azul.

—¿De verdad me invitas? —fingí que eso me halagaba.

—Pues claro. ¿Aceptas?

Había que ver la cara con la que me lo preguntaba: cualquiera que no la conociera y que no la hubiera visto atacar, habría dicho que era una especie de ángel benefactor. Mientras hacía mi parte de la comedia, pensé que tendría que buscar alguna excusa, porque nada me apetecía menos que dormir una sola noche bajo el mismo techo que aquella lagarta venenosa. Pero de pronto se me ocurrió algo mejor: tratarla con su propia medicina.

—Me encantará —dije.

Luego ya encontraría la forma de zafarme del compromiso. Por lo pronto, Chantal debió creer que ya me tenía engatusada, porque poco después de celebrar exageradamente que aceptase su invitación, entró en harina:

—No creas que no me he dado cuenta de la forma intolerable en que te trata André. Alguien tendría que pararle los pies de una vez por todas.

La escuché sin alterar el gesto.

—En serio —insistió—. Y si quieres, yo me encargo. De mí no puede abusar.

163

Seguí sin abrir la boca.

—Verás, Sylvie —continuó, en tono de confidencia—, las mujeres tenemos la obligación de apoyarnos frente a estos bichos. Creen que pueden tratarnos como si fuéramos muñecas, pero hay que enseñarles que se equivocan. Tú eres joven y estás más indefensa. Por eso te ofrezco mi ayuda.

Imagino que en ese punto, Chantal calculaba que yo me derrumbaría y le contaría con pelos y señales todo lo que quería saber. Es lo que habría ocurrido un mes atrás, cuando yo todavía era una adolescente llena de inocencia. Pero ahora yo ya estaba escaldada, y aunque eso no me hubiera convertido en una intrigante retorcida como era ella, sí me había espabilado lo suficiente como para no caer en la trampa que me tendía.

—Perdona, pero no te entiendo, Chantal —dije, haciéndome la lela.

En ese momento vi pasar a Ariane. Le lancé una mirada de socorro. Ariane la captó al vuelo y vino hacia nosotras. Cogió una silla y se sentó enfrente de Chantal y de mí. Observó primero a una y luego a otra y dijo:

—Mira qué bien, reunión de actrices. ¿A quién despellejamos?

La intromisión de Ariane, unida a mi comentario, convenció a Chantal de que más valía retirarse. Aguantó apenas cinco minutos la conversación insustancial que Ariane y yo mantuvimos para ella. Cuando por fin se levantó y se fue, con una excusa cualquiera, Ariane opinó:

—Algo tienes que la saca de quicio, tía.

—¿Tú crees? —dudé.

—Lo que yo te diga. Menudo interés que te tiene.

—La verdad es que esto empieza a parecerme una mierda —dije.

—Bienvenida al club.

Esa noche, Ariane dijo que estaba cansada y se fue pronto a dormir. Yo también estaba cansada, o más bien harta *de muchas cosas, pero no tenía sueño. Tampoco quería pensar demasiado, así que busqué el canal internacional de la televisión española y allí encontré el remedio perfecto para mi situación. El concurso que ponían era uno de los más bobos, uno en el que los tipos más chiflados intentaban hacer las cosas más estrambóticas y otros apostaban sobre si lo conseguirían o no. Allí estaba, tirada en el sofá, viendo cómo un bestia de ciento y pico kilos arrastraba un camión enganchado de un llavero, cuando se abrió la puerta del apartamento y entró Eric.*

—Hombre, si queda alguien en pie —dijo al verme.

Venía cansado, con los ojos enrojecidos. Dejó sus cuadernos y sus libros sobre la mesa y fue a la cocina. Le oí trastear durante unos minutos y luego vino con un vaso de zumo y un sándwich sobre un plato.

—¿Te importa que me siente contigo?

—No.

Mientras mordisqueaba su comida y echaba tragos de zumo, Eric estuvo viendo el programa como si fuera algo que mereciera la pena ver.

—Lo que hace la gente por dos minutos en pantalla —concluyó.

—Ya sé que es una porquería —admití—. Quería pasar un rato en blanco.

Eric se volvió hacia mí.

—¿Y eso?

—Bueno, no tengo muchas cosas agradables en las que pensar.

—Tampoco creo que sea tan trágico —me corrigió, casi como si me regañase—. Trabajas en el cine, vives en este bonito apartamento. Piensa en las vidas mucho más horribles que habrías podido tener.

—Ya sé, ya. Podría vivir en Etiopía, muriéndome de hambre.

—Por ejemplo. O podrías no vivir.

—Como tu gente de Père-Lachaise. No te preocupes, entendí la lección.

—No era ninguna lección, Silvia. Fue un paseo, nada más.

Se había acabado el zumo y había dejado el plato con medio sándwich sobre la mesa. Así, no era extraño que Eric fuera largo y delgado como una pértiga. Comía como un pajarito. De pronto, me inspiró una irresistible ternura. Verle ahí, tan serio, estudiándome con el ceño arrugado.

—Perdona —dije, arrepentida—. Ya sé que del todo no tengo derecho a quejarme. Pero un poco sí, creo.

—A ver. Qué es lo que te duele.

Ya no había ningún reproche en su voz. Se ofrecía para que se lo contara, nada más, y lo cierto era que a mí me hacía falta contárselo a alguien. A él, quizá mejor que a ningún otro. Así que me decidí a hablar:

—Verás, nada ha sido como lo había imaginado antes de venir, en Getafe. Ni la gente, ni el trabajo, ni siquiera París. Yo creía que el mundo estaba a mis pies, que tenía por delante un camino de rosas. Eso es lo que te hacen creer, cuando lo ves por la tele. Todos van a admirarte, y eso es la felicidad. Pero luego no va así; luego están las puñaladas, la envidia, la mentira; y la felicidad, si es que la tocas, se desintegra como una pompa de jabón. Casi creo que es mejor no llegar a nada. Habría sido mejor no haber venido nunca a París. Por lo menos me habrían quedado las ilusiones.

Eric me escuchaba con toda atención.

—¿Eso crees? ¿No has encontrado nada bueno?

No era fácil responderle. No lo era, sobre todo, mientras sus ojos se clavaban en mis ojos y él me gustaba como nunca.

—Tampoco es eso —dije, para escabullirme—. He conocido a tu hermana, he visto la Sainte Chapelle, el Pont des Arts. Ha habido buenos momentos, incluso en la misma película. Aunque de eso me parece que hace mil años.

—Ajá. ¿Y nada más?

En ese instante, por primera vez con Eric, estuve segura. Noté lo que hasta entonces no había conseguido notar, pese a todos mis esfuerzos por provocarlo: yo le gustaba. De repente, él era el vulnerable, y diréis que me porté como una pérfida, pero la ocasión era demasiado buena para no aprovecharla y hacerle caer en la red. Con mi voz más tierna le dije:

—En fin, hay otra cosa buena. Pero ésa no hace falta que te la cuente.

Sus pupilas le delataron. Sin embargo, quiso hacerse el loco, todavía:

—¿A qué te refieres?

—A alguien que parece experto en dar rodeos.

No le dejé tiempo para reaccionar. Justo entonces me acerqué a él y le besé, sabiendo que sería incapaz de rechazarme. En fin, no voy a entrar en detalles, pero fue un buen beso, lo bastante bueno y lo bastante largo como para que mi viaje a París, después de él, merezca que lo recuerde para siempre. Y habría sido mucho más largo si Eric no lo hubiera interrumpido.

—Está bien, Silvia —dijo, mientras me separaba.

—¿Qué pasa? ¿No te ha gustado?

—Claro que sí.

—¿Y entonces?

Eric se levantó del sillón y fue a sentarse en la butaca que había enfrente. Se quedó allí, mirándome, con una extraña sonrisa.

—No me obligarás a decirlo —me desafió.

—Sí, te obligaré.

Asintió con la cabeza, despacio. Suspiró y dijo:

—Pasa, para empezar, que eres la chica más preciosa que me ha besado nunca. Pasa, no te lo niego, que sería capaz de hacer muchas locuras por ti. Pero también pasa que estás atravesando un mal momento, que estás hecha un lío y que es muy posible que sólo creas que yo te gusto porque necesitas algo que te haga sentir bien. Y pasa, sobre todo, que todavía no eres mayor de edad y yo sí lo soy. Bueno, eso es lo que se supone, al menos.

—Cumpliré diecisiete en enero —protesté—. Y en todo caso, soy lo bastante mayor como para vivir sola y trabajar.

—Eso puede bastar para ti. Pero no debe bastar para mí.

—¿Y entonces?

—Está claro —contestó, con una especie de amargura.

—Explícamelo —le pedí.

—Eres cruel, Silvia —se lamentó—. Me obligas una y otra vez a usar las palabras, donde las palabras no sirven. Qué quieres que te diga. Sólo hay una cosa que yo pueda hacer. Esperar a que resuelvas tus problemas, a que cumplas dieciocho años y a que entonces te acuerdes de mí.

—Me acordaré —prometí, sin pestañear.

—No lo creo. Y quizá no debas.

—¿Y si me acuerdo, a pesar de todo?

—Si te acuerdas —dijo, riéndose—, me llamas y yo voy a dondequiera que tú estés. A la Luna misma, si me llamas desde allí.

—En la Luna estás tú, siempre.

—Pues mira, más fácil.

—Que conste que te llamaré.

Eric pareció sopesar durante un segundo mi advertencia.

—Gracias, Silvia —dijo al fin—. Eres un encanto. Anda, vete a dormir, que mañana vas a estar hecha polvo.

Miré el reloj, que marcaba las doce y cuarto. Como siempre, tenía razón. Me levanté del sofá y tomé el camino de mi dormitorio. Eric también se había puesto en pie, y al pasar junto a él, remoloneé un segundo.

—Buenas noches —le dije.

—Buenas noches.

—¿Así?

Me dio un beso en la frente. Pero no era el beso que se le da a una niña para conformarla y mandarla a la cama. Era

el beso que me podía hacer aceptar la espera de catorce me-
ses que me imponía. El beso que me ayudaba a descubrir,
en el silencio de aquella noche luminosa, el verdadero sabor
de la felicidad que hasta entonces París me había negado.

El resto, queridas mías, se puede contar bastante rápi-
do. Porque fue ese beso en la frente, en el fondo, el que mar-
có mi despedida de París. Hasta que no pasaran los catorce
meses, allí no tenía nada que hacer. Pero André, por si no
estaba claro, terminó de convencerme al día siguiente.

Era el rodaje de mi última escena: una en la que me aso-
maba a una ventana, en camisón, para hablar con mi ama-
do en la película, que en la realidad, como recordaréis, era
el insoportable Michel. Os podéis imaginar lo poquísimo
que me atraía el asunto, pero me había prometido que re-
mataría la faena y allí estaba, resignada a lo peor. Hicimos
una primera toma, que a mí me pareció que había salido
bastante bien. Pero André, después de dar la orden de «cor-
ten», se levantó de la silla y se acercó hasta mí. Aquel día le
venía notando ya algo raro desde por la mañana. Y curiosa
coincidencia, Chantal parecía haber recuperado su malsa-
na alegría.

—No está mal, Silvia —me dijo André—. Pero no sé, le
falta fuerza, gancho.

—Ajá —murmuré.

—Verás, vamos a hacer una cosa.

—Tú dirás.

André se me quedó mirando, con los ojos entornados.
Al fin me pidió:

—Ponle un toque picante. Suéltate los tirantes de los
hombros.

—¿Qué?

—Los tirantes. Te los sueltas, y que el camisón te quede
caído. Sugerente.

No era nada del otro mundo. Ninguna actriz se negaría
a tan poca cosa. Incluso yo misma, en alguna sesión de fo-

tos de publicidad, había hecho algo parecido. No soy una mojigata, vosotras lo sabéis. Pero no eran los tirantes. Era la mirada de cerdo de aquel tipo. En ese momento, pasaron muchas cosas por mi cabeza. Pensé en todo lo que estaba en juego: mi carrera cinematográfica recién empezada, el dinero, la fama, el futuro que me aguardaba como estrella del celuloide, que diría Irene. Pensé luego en lo que de veras me importaba, y me acordé de Eric. Me acordé de lo que me había dicho durante nuestro paseo entre las tumbas de Père-Lachaise: que no se podía perder la ilusión de vivir, y que uno no podía estar donde sentía que no debía estar, pudriéndose el corazón. Yo sentía que el último lugar del mundo en el que debía estar era allí, soltándome los tirantes del camisón delante de aquel mamarracho. Supe perfectamente lo que significaba lo que iba a hacer. Y lo hice. Bajé de donde estaba y le dije a André:

—No me da la gana.

—¿Cómo dices?

—Que no me da la gana —repetí, y eché a andar hacia mi camerino.

—Ven aquí, maldita sea. Tenemos que repetir la secuencia.

—Ya está hecha —dije, sin volverme.

—Que vengas aquí —gritó.

No contesté.

—Ven aquí o estás despedida, niñata —amenazó.

Me paré en seco. Conté hasta tres y me di la vuelta.

—Estoy despedida —elegí—. Muchas gracias, André.

Era el final de mi carrera cinematográfica, pero os juro que nunca había tenido una sensación tan gloriosa. Cuando eché a andar otra vez hacia mi caravana, sentía en mi espalda las miradas estupefactas de todos. Y era una maravilla sentirlas, porque su asombro era mi mejor triunfo. Como el gran Meaulnes, no necesitaba que los demás lo comprendieran. Yo lo comprendía y estaba segura de que aquello era lo que debía hacer. Casi era mejor que ellos no entendieran mi comportamiento. Lo que había aprendido de todo aquello era que tu propio camino, cuando de verdad es tuyo, no tiene nada que ver con lo que la mayoría de la gente cree. Y que hay que estar dispuesta a seguirlo, aunque todos piensen que se te ha ido la olla.

Por fortuna, no pensó eso Ariane. Cuando aquella tarde nos reunimos en el apartamento, me abrazó y me dijo:

—Me descubro, compañera. Eso se llama darle en las narices a un capullo. El pobre André todavía está tratando de recuperar el habla.

—Espero que no lo pagara con el resto.

—Qué va. Se ha quedado más flojo que una manta. Estuviste terrible.

—No podía aguantarle más tonterías. Y mi trabajo ya estaba hecho.

Ariane me cogió la mano. Era una costumbre que tenía, cuando quería hablar contigo con más confianza.

—¿Y ahora? —preguntó.

—No sé. Me tomaré dos o tres días, si no vienen a echarme.

—No se atreverán. Además, si se atrevieran, estás en mi apartamento, y yo hospedo aquí a quien me apetece.

—Después —añadí—, bueno, habrá que reanudar la vida.

—Me dejas impresionada —dijo Ariane—. Y te envidio. Te envidio por tener las cosas tan claras y hacer lo que te parece.

—No tienes por qué envidiarme. Tú podrías...

—No te esfuerces, Sylvie —me cortó—. Lo mío es demasiado difícil.

—¿No será que lo haces difícil?

—Puede ser —asintió—. Pero en todo caso necesito todavía algún tiempo para enderezarlo. Me temo que yo no soy tan valiente como tú.

Le pedí que no le dijera nada de lo sucedido a Eric y, como buena amiga, cumplió. La noche fue de lo más normal: él vino tarde, estuvimos viendo un rato la televisión, luego contamos unos chistes. De madrugada, me levanté para verle dormir. Todavía no sabía que iba a ser la última vez. Descansaba plácidamente. Le besé en la frente sin que él lo notara.

Esta mañana, después de que se fueran, decidí que haría la maleta hoy mismo. Así les ahorraba y me ahorraba la despedida. A los dos les dejé una nota. La más larga para Ariane. Para él mi número de teléfono y una palabra (en español, que en francés son dos): «Espero». J'espère.

Y ésta es toda la historia. Hace un rato, cuando el taxi en el que venía de Barajas ha salido de la carretera de Toledo y ha cogido el desvío de Getafe, se me ha hecho un nudo en la garganta. He visto la residencia de estudiantes, el lazo azul gigante, del que siempre nos reíamos, y los ojos se me han empañado de golpe. «No será París —me he dicho— pero es mi casa. Aquí están mis amigas, mi gente. Éste es el sitio donde siento que tengo que estar, adonde quiero volver siempre de todos los Parises donde la lluvia me cale los huesos y el alma.» Y he corrido a llamaros para contaros todo.

15

Te querré siempre

Cuando Silvia terminó de contarnos su historia, la cafetería estaba a punto de cerrar. La mujer que nos había atendido se acercó para avisarnos.

—Dentro de cinco minutos bajo las persianas —dijo.

Era sólo para que lo supiéramos. En otro sitio nos lo habrían dicho con cara de cuerno, por habernos pasado allí la tarde a cuenta de un par de tés con jazmín y un chocolate. Pero aquella mujer tenía buen corazón.

—En fin —dijo Silvia—. Supongo que os parece un desastre.

—No es como yo lo resumiría —dijo Irene, siempre enigmática.

—Yo tengo una duda —dije yo.

—¿Cuál?

—Le dejaste tu teléfono, pero ¿tienes tú el suyo?

—Tengo el móvil de Ariane y el número de su familia, en Toulouse.

—¿Y si dentro de catorce meses se han cambiado de número?

Podía parecer una estupidez, pero aquello se me había quedado dando vueltas en la cabeza. Él le había pedido a ella que le llamase. Y por lo que nos había contado, me temí que ésa era la única posibilidad de que algún día volvieran a verse. Me parecía imposible que la llamara él, después de las razones que le había dado. Pero a Silvia no parecía preocuparla.

—Le encontraré —dijo—. Si es que tengo que encontrarle.

—Suena como si lo dudaras.

Silvia se encogió de hombros.

—Quién sabe. Lo que he sacado en limpio de toda esta aventura es que, por muchas ilusiones que tú te hagas, las cosas salen como quieren salir. Contaré los días, y cuando cumpla los dieciocho, le llamaré. Una promesa es una promesa. Pero no me engaño. Para entonces puede que él ya me haya olvidado, o que haya conocido a otra que le guste más. Así es la vida.

—También puede que tú le olvides, o que conozcas a otro —dijo Irene.

—Conocer a otro, puede —admitió Silvia—. Pero a él no creo que yo pueda olvidarle nunca. Cuando piense en París, o si vuelvo alguna vez, no tendré más remedio que acordarme de mi querido y estrafalario Eric Martínez. A fin de cuentas, él fue lo mejor que me pasó, en medio de la catástrofe.

—¿Y el cine? —le pregunté.

—No sé —respondió—. Lo que parece bastante improbable es que André siga queriendo convertirme en la nueva estrella del cine europeo. Y aunque quisiera, tampoco iba a contar conmigo. En fin, puede que esta vez haya tenido mala suerte y que algún día me den una oportunidad mejor. Pero de momento no quiero saber nada del cine durante una temporada. Volveré al instituto y me pondré las pilas, porque este año sí que lo llevo crudo.

Su comentario nos devolvió, o al menos me devolvió a mí, a la dura realidad de los exámenes, lo que, después de haber estado viajando con la imaginación por las calles de París, se hacía especialmente cuesta arriba.

—No te apures —le quitó importancia Irene—. Tampoco hemos visto demasiadas cosas nuevas hasta ahora.

—Ojo, que ya sabes que de ésta no puedes fiarte —le advertí yo.

—¿Cuándo son los exámenes? —preguntó Silvia.

—La semana que viene.

—Genial. Pues ya los doy por cargados.

Era verdad: estaba de vuelta y había venido para quedarse. Para seguir con la rutina de la que había escapado hacía dos meses, y en la que me parecía imposible volver a verla metida cuando miraba su ropa y su porte de mujer de mundo. Digo bien, *mujer*, porque su aventura cinematográfica podía haber sido un fracaso, pero para algo le había servido, eso no podía negarlo nadie. Silvia había madurado de pronto, y después de haber oído su historia, nosotras habíamos madurado también. Supongo que la única forma de seguir siendo inocente es arreglárselas para no ver lo injusto y lo canalla que puede llegar a ser el mundo. Silvia había perdido esa inocencia, y nosotras con ella. Ya nada volvería a ser igual. Ya nunca volveríamos a desear algo sin sospechar, al menos por un instante, que quizá no conviniera conseguirlo. «Ten cuidado con lo que sueñas, porque se puede convertir en realidad.» Irene encontró esa frase, quién si no, y es una buena forma de describir nuestra actitud a partir de aquel día. Supongo que es una pena, que habría sido mejor detener el tiempo y seguir creyendo que los sueños pueden ser perfectos e indestructibles. Pero el tiempo jamás se detiene.

Me entristecía, por supuesto, que a Silvia no le hubiera salido todo a pedir de boca, no sólo porque fuera mi amiga, sino porque había peleado y se había sacrificado y había merecido mejor suerte. Pero ya que las cosas habían rodado así, me alegraba que estuviéramos otra vez juntas. A las tres nos alegraba; también a Irene, aunque fuera menos efusiva, y a la propia Silvia, que mientras bajábamos por las rampas mecánicas, se volvió y dijo:

—Aparte de todo el rollo, también me gustaría que supierais que os he echado mucho de menos. De verdad.

—Y viceversa —dije yo.

—Aunque no te perdonaremos nunca que dejaras de escribir —puntualizó Irene—. Llegamos a pensar que se te había subido a la cabeza, después de toda aquella gaita de la magia y de los Campos Elíseos.

—Algo debió subírseme —reconoció Silvia—. Pero mira cómo he bajado.

Irene se quedó pensativa. Sin apartar la vista del frente, dijo:

—No te preocupes. Volverás a subir. Y la próxima vez será la buena.

—¿Cómo lo sabes?

—Lo sé —aseguró—. Yo puedo ver las cosas.

—Vaya, ¿ahora eres bruja?

—Siempre he sido bruja, idiota —se burló Irene.

La vuelta de Silvia fue durante algunos días la gran noticia. Y pronto empezó a circular aderezada de comentarios. Aunque ni ella ni nosotras le dimos a nadie mayores detalles, en seguida trascendió que en lo que quedaba de curso no volvería a irse, según les había dicho a los profesores para tratar de organizar la recuperación de las clases que había perdido. De eso algunos dedujeron que las cosas no habían ido del todo bien, y la propia negativa de Silvia a dar muchas explicaciones se convirtió en un argumento para ellos. La estrella volvía a ir a clase, con su carpeta, y tomaba apuntes, y se la podía ver en el hipermercado o comprando el pan. O no había sido para tanto, se decían los maliciosos, o el tiro había salido por la culata. Con el paso de los días, aquella aura portentosa que había adquirido Silvia ante los ojos de los demás, cuando se había sabido que iba a protagonizar una película, se fue difuminando. Además, ni siquiera volvía a salir en periódicos o en revistas, ni venían ya los de la tele a entrevistarla, como había sucedido tres meses atrás. Los profesores ya no la trataban con tanta deferencia como antes de que se fuera. La sacaban a hacer ejercicios a la pizarra, como a cualquier otro, y le ponían mala nota cuando no atinaba a resolverlos. Incluso Gonzalo, que así pulverizó para siempre las escasas posibilidades que alguna vez hubiera podido tener con Silvia, se comportaba ahora con una especie de suficiencia. Como si pensara que tras rozar el cielo y volver a caer a tierra, ella volvía a estar a tiro, o lo estaba más que nunca. En cuanto a los demás, los vecinos, los compañeros del instituto, todos los que tres meses antes revoloteaban a su alrededor, ahora casi parecían rehuirla.

—*Tempora si fuerint nubila, solus eris* —recordaba su latinajo Irene, y añadía con cara de asco—: Menuda pandilla.

Silvia lo encajaba todo y procuraba acostumbrarse con la máxima resignación posible a su nueva condición de estrella caída. Además, no era verdad que estuviera sola. Nos tenía a nosotras, por supuesto, pero también a alguien para quien, sucediera lo que sucediera, siempre seguiría siendo una estrella. Alguien que celebró como nadie su regreso: el hámster.

Una tarde, cuando volvíamos del instituto, nos encontramos con él, que venía del colegio. Iba con su facha habitual, con un zapato desabrochado, el anorak abierto y la mochila arrastrando por la acera. Me agaché a recomponerlo un poco, más que nada por evitarle a mi madre el disgusto de verlo llegar así. Mientras yo le metía los faldones de la camisa y le abrochaba, él no paraba de mirar a Silvia, tan embobado como Arnold Schwarzenegger en esa película en la que hace de hermano gemelo de Danny de Vito.

—Un día vas a coger frío, Adolfo —le dijo Silvia.

—No puedo coger frío, si me miran tus ojos —saltó el hámster.

—Está bien, Adolfo —atajé aquel alarde poético—. Anda, tira para casa y tómate un Colacao, a ver si te despejas.

Estaba tan atontado que me obedeció sin rechistar. Echó a andar por delante de nosotras, volviendo una y otra vez la cabeza, eso sí.

—Venga, Adooooolfo —le regañé—. Qué cruz de crío.

De pronto, el hámster se paró, con lo que en pocos segundos volvimos a alcanzarle. Esta vez ya no le dije nada; me limité a empujarle y señalarle el camino del portal. Pero el hámster se resistió. Volviéndose a Silvia, dijo:

—¿Puedo hacerte una pregunta?

—Eso ya es una pregunta, ¿no?

—Bueno, otra. Sin que me oiga ésta —y me señaló.

—Está bien —dijo Silvia, tras cruzar una mirada conmigo—. Pero después te vas a casa, que tu madre te está esperando.

Se apartó con ella y le murmuró algo al oído. Silvia se echó a reír y dijo:

—No de momento, que yo sepa.

Luego el hámster pasó junto a nosotras como una exhalación, camino de casa. Se reía como un conejo, pero iba rojo como un tomate.

—No quiero ni saber lo que te ha preguntado —le dije a Silvia.

—Tu hermano es un cielo. Lástima que tardara tanto en nacer —dijo ella.

—Bueno, desembucha, que yo sí quiero saberlo —protestó Irene.

—Me ha preguntado —explicó Silvia— si no va a salir en ninguna revista un póster mío en bañador.

—Mira tú, el enano —dijo Irene.

Yo preferí no decir nada. Bastante problema es tener un hermano mitómano como para andar hablando de ello. No quería ni pensar cómo reaccionaría cuando Silvia se echara un novio. A mi hermano, aunque sea una bestialidad decirlo, no le pareció del todo mal que John-John Kennedy se estrellara con su avioneta. ¿Por qué? Por haber salido con Daryl Hannah.

Pero lo quisiera o no, también al hámster se le vendrían algún día abajo sus sueños infantiles, y tendría que arreglárselas para vivir entre sus escombros, como le sucede a todo el mundo. Mucho me temo que la ilusión, la fe, o como se la quiera llamar, es el arte de seguir adelante mientras el tiempo nos va llenando las manos de hermosas esperanzas rotas. Pase lo que pase, el truco está en seguir creyendo siempre. Porque hay esperanzas que se cumplen, aunque nada salga nunca como lo habíamos soñado.

Supongo que éste es el mejor resumen que puedo hacer de mi lectura de aquel libro del que Silvia nos había hablado, *El gran Meaulnes*. Irene y yo lo sacamos por turno de la biblioteca del centro cívico. Primero ella, naturalmente, que bastante le hería el orgullo que Silvia le descubriera un libro del que ni había oído hablar, y luego yo, que ya sé que hay miles de libros importantes que no he leído, pero no me angustio por eso. Al principio me costó meterme: me parecía una historia bastante aburrida de niños semisalvajes en una vieja escuela rural. Pero como nos había dicho Silvia, de pronto el relato se llenaba de misterio, y a partir de ahí no podías dejarlo hasta descubrir el secreto que se desvelaba en las últimas páginas. Para entonces les habías cogido tal afecto a los personajes que te alegrabas y sufrías con ellos. Un detalle en el que me fijé sobre todo, sería por el momento en que lo leí, fue que al comienzo del libro los dos personajes principales, Meaulnes y Seurel, son apenas unos niños. Y al final, después de todas las aventuras y desengaños que les toca vivir, se han convertido en dos hombres. Es curioso que una casi no se da cuenta de cómo sucede esa transformación, pero sucede, y ninguno de los dos puede pararla. Exactamente igual nos había pasado a nosotras. Y así es como le pasa a todo el mundo, me imagino.

Sabíamos tan poco del hombre que había escrito el libro, que estuvimos navegando por Internet para tratar de averiguar algo más. Encontramos muchos datos, por ejemplo que era teniente cuando lo mataron, en la guerra, y que Alain-Fournier era una especie de seudónimo literario. Su verdadero nombre era Henri-Alban Fournier. Pero lo más interesante era la historia de amor platónico que había tenido con aquella Yvonne de Quiévrecourt que le había inspirado el personaje de Yvonne de Galais en la novela. Según pudimos saber, a la verdadera Yvonne la descubrió el escritor paseando frente al Grand-Palais de París, cuando sólo tenía dieciocho años. Quedó fascinado al instante y la siguió sin que ella le viera. Diez días después, volvió a encontrarla y volvió a seguirla. Pero esta vez se decidió a abordarla, y mantuvo con ella una larga y extraña conversación. De qué hablaron, no lo decía en ninguna parte. Desde ese momento Alain-Fournier cayó rendidamente enamorado de Yvonne y trató por todos los medios de reencontrarse con ella. Pero no volvió a verla hasta mucho después, cuando ella ya estaba casada y tenía dos hijos. Aquel amor imposible, que siempre recordaría como el sueño perdido de su juventud, le había inspirado todo lo que había escrito, empezando por *El gran Meaulnes.* Tampoco pudimos saber de qué hablaron Alain-Fournier e Yvonne cuando volvieron a verse, ella ya casada y él desesperado de poderla conseguir. Lo cierto es que al año siguiente estallaba la Primera Guerra Mundial y a Alain-Fournier lo llamaban a filas. Y un mes después de incorporarse estaba muerto. Aunque no leí en ningún sitio nada que me permita asegurarlo, tengo la impresión de que no le importó demasiado que lo mataran. Quién sabe si no la buscó, la muerte, por haberse enamorado de un ideal que sabía que nunca estaría a su alcance.

Hay un pasaje del libro en el que Yvonne de Galais habla de la felicidad. Me lo copié, porque me parece que Alain-Fournier puso allí la clave de la amargura que había consumido su vida, como una advertencia para que nadie cometiera el mismo error que él. También me parece que tiene algo que ver con la historia que yo estoy contando. Dice Yvonne de Galais:

Además enseñaría a los muchachos a ser juiciosos de una manera que yo sé. No despertaría en ellos ganas de correr el mundo, como hará usted sin duda, señor Seurel, cuando sea usted maestro. Yo les enseñaría a encontrar la felicidad que está cerca de ellos y que no lo parece.

Cuando lo leí, confieso que creí que Yvonne era una cobarde, y que el gran Meaulnes y su amigo Seurel, con su lealtad a sus sueños insensatos, eran mucho mejores que ella. Pero después de conocer la historia del pobre Henri-Alban Fournier, que era quien le había puesto esas palabras en los labios a Yvonne de Galais, y quien había vivido y muerto enamorado de la otra Yvonne, me entraron algunas dudas. Ahora pienso que ni Meaulnes ni Yvonne tienen toda la razón, y que los dos tienen una parte.

Quizá por eso, un día de aquel diciembre, cuando me encontré con mi vecino Roberto en el portal, me dirigí a él y le pregunté a bocajarro:

—Oye, Roberto, ¿tú no me querías invitar al cine?

Roberto se quedó parado en seco, como si acabara de recibir un balazo. Era buena señal, yo me temía que me saliera con el rollo raro que me había colocado la última vez que habíamos trabado conversación.

—Te, te invité al cine —dijo, aturdido—. Pero si no recuerdo mal, tú...

—No hablemos del pasado —le corté—. ¿Qué película se te ocurre?

—No sé, así de sopetón...

—La vida viene como viene. Te doy hasta el sábado para elegirla. Segunda sesión. Cada uno paga su entrada, pero luego puedes invitarme a algo.

Le miré, desafiante. Estaba tan gracioso, con los ojos desorbitados.

—Vale, sí —dijo, con un hilo de voz.

A veces me da por pensar que aquel día terminó definitivamente mi adolescencia. El sábado siguiente Roberto y yo fuimos al cine a ver *Toy Story 2*, y aunque en un principio su elección me pareció una mala señal, porque sus gustos coincidían con los del hámster, después de verla tuve que reconocer que me había dejado cegar por mis prejuicios. Luego fuimos a tomar algo, y luego... Pero ésa es otra historia, y no pinta nada aquí.

Hay una imagen en mi memoria que también tiene que ver con esto del fin de la adolescencia y que tal vez resulta mucho más apropiada para cerrar mi libro. La veo como si fuera una película. La escena sucede en la casa de Irene, una tarde de aquel diciembre. Afuera ya está oscuro. Los padres de Irene están de viaje y hemos decidido refugiarnos allí después de comprobar que en el parque de Castilla-La Mancha hace demasiado frío. Irene está sentada en el suelo, Silvia sobre la cama de Irene y yo recostada contra la puerta. En el suelo está, vacía, la botella de sidra que nos hemos bebido para recordar el juramento de amistad que hicimos un par de meses atrás. Las tres estamos calladas, mientras suena un disco de The Cure. Recuerdo perfectamente la canción, *Lovesong*. Empieza la letra:

> *Whenever I am alone with you*
> *You make me feel like I am home again...*

«Cada vez que estoy a solas contigo, me haces sentir de nuevo en casa.» Lo repiten varias veces, haciendo versiones del final: «Cada vez que estoy a solas contigo, me haces sentir que soy de nuevo joven... Cada vez que estoy a solas contigo, me haces sentir que soy de nuevo libre...» El ritmo es un poco obsesivo, como en todas las canciones de The Cure, pero ésta es quizá la más melodiosa y la más romántica de todas. Dice el estribillo:

> *However far away*
> *I will always love you.*

Irene, que es la que tiene mejor nivel de inglés, asegura que la traducción más correcta sería: «Aunque esté lejos, te querré siempre».

Las tres lo escuchamos, pero cada una lo siente a su manera. No me atrevería a decir en qué piensa Irene. A veces tengo la sensación de que sólo conozco lo que hay en la superficie de su pensamiento y que el fondo ni siquiera ella misma lo conoce bien. Con Silvia me atrevo algo más. Sé que hay alguien en quien piensa, alguien que podría ser ese *tú* del que la canción habla todo el rato. Puedo ver en su gesto que se está acordando de él. Y desea temerosa que pase el tiempo, y que cuando le llame, él esté todavía ahí.

En cuanto a mí, siento muchas cosas a la vez. Siento que la canción habla de esta pequeña ciudad donde las tres vivimos y a la que Silvia ha vuelto, después de su aventura parisina. Siento que habla de nuestras ilusiones juveniles, las que a partir de ahora ya no podremos tener como antes, y echaremos de menos. Y siento que habla de nosotras, que siempre, pase lo que pase, guardaremos el recuerdo de lo que hemos vivido juntas y el tesoro de nuestra amistad, como un refugio contra las tormentas.

Porque va a llovernos encima, ya lo sé. No tengo más que mirar los ojos de Silvia, que antes eran verdosos y ahora tiran a grises. De tanto mirarla, han cogido para siempre su color. El color de la lluvia de París.

París-Buffalo-Madrid-Getafe-Norwich
25 de noviembre 1999-24 de julio 2000

Índice

LORENZO SILVA

Lorenzo Silva nació en Madrid en 1966. Se dedica a
la abogacía desde los veinticuatro años, y a la literatura
desde los catorce. Ha publicado varias narraciones
breves y las novelas *Noviembre sin violetas, La sustancia
interior, El ángel oculto, El urinario, Algún día, cuando
pueda llevarte a Varsovia* y *El cazador del desierto*. Con
La flaqueza del bolchevique quedó finalista del Premio
Nadal 1997, y en 1998 recibió el Premio Ojo Crítico
por su novela *El lejano país de los estanques*.
En el año 2000 ha obtenido el Premio Nadal
por *El alquimista impaciente*.

CARTA AL AUTOR

Los lectores que deseen ponerse en contacto con el
autor para comentar con él cualquier aspecto de este
libro, pueden hacerlo escribiendo a la siguiente
dirección:

Colección ESPACIO ABIERTO
Grupo Anaya, S. A.
Juan Ignacio Luca de Tena, 15. 28027 MADRID

OTROS TÍTULOS
DE ESTA COLECCIÓN

Todo es un bolero
Helene Kynast

Jan Delft, J. D., es un repetidor. No por muy-imbécil-y-muy-vago, como opina su padre, que sólo puede aceptarlo hecho a su medida. Ni por vida-amor-muerte. Desde que su amiga Kiki se metió un chute mortal muy lejos, en España, J. D. tiene el corazón enfermo. Él es el Grande, el Solitario, igual que el otro J. D. (¡James Dean!), al que idolatra. Pero de repente comienzan a suceder cosas que lo descolocan: ¿habrá algo con su profesora de Lengua?, ¿o estará colgado por Nana Oscura, su atractiva compañera de clase?

✓ **Problemas psicológicos/sociales**
✓ **Amor/amistad**

Mi amigo el Rey
Manuel Valls y Norberto Delisio

Mónica pasa por una etapa muy difícil de su vida: acaba de perder a su padre en un accidente de aviación en la selva del Amazonas y, además, sus relaciones con su madre atraviesan un mal momento. En estas circunstancias conoce accidentalmente al Rey de España. Con él traba una amistad que la ayudará a reencauzar su vida, aceptar la muerte de su padre y volver a confiar en su madre.

✓ **Problemas psicológicos/sociales**
✓ **Amor/amistad**

Sissi no quiere fotos
Paco Climent

En 1893 Elisabeth de Austria-Hungría realiza un viaje privado por España. Leticia, una joven aprendiz de periodista, cubre la visita de la emperatriz por Cádiz y Sevilla por encargo de su periódico. Los problemas familiares de Leticia, sus relaciones con Maximiliano, un periodista y fotógrafo austríaco, así como los conflictos sociales de la época, se entremezclan en el diario de Leticia con la historia de Sissi, una mujer conflictiva que en sus últimos años se vio perseguida por el dolor de la pérdida de su hijo.

✓ **Aventuras/viajes**
✓ **Problemas psicológicos/sociales**
✓ **Amor/amistad**

Flanagan, sólo Flanagan
Andreu Martín y Jaume Ribera

Flanagan se ha convertido en un fugitivo por culpa de su enfrentamiento con Mateo Mas, un chico peligroso que tiene amedrentado a todo el instituto. Pero Flanagan no huye sólo de la navaja de Mateo. También se siente un fugitivo frente a Nines, la pobre niña rica que ahora vuelve a aparecer en su vida. Y al final Flanagan, aunque no sea un héroe, deberá enfrentarse a ambos problemas y a su propio miedo.

✓ **Policíaca**
✓ **Humor**
✓ **Aventuras/viajes**
✓ **Misterio/terror**
✓ **Problemas psicológicos/sociales**
✓ **Amor/amistad**

Vida de perros y otras llaves de cristal
Jaume Fuster

Los diez relatos reunidos en este libro tienen como
protagonista a Lluís Arquer, un detective privado que,
además de hombre de acción, es también un irónico
observador de la sociedad que le rodea. Con cada una
de estas historias, el autor, además, nos propone un juego:
que adivinemos el culpable o el móvil de lo sucedido por
medio de la deducción. Eso sí, al final del libro se encuentran
todas la claves en «Las llaves de cristal», por si el lector no
ha podido o no ha querido emular a Lluís Arquer.

✓ **Policíaca**
✓ **Aventuras/viajes**
✓ **Misterio/terror**
✓ **Problemas psicológicos/sociales**

Vértigo
Emilio Calderón

Víctor Menchaca vive en un barrio marginal de una gran
ciudad, donde los jóvenes conviven diariamente con la
pobreza, la delincuencia y la droga. Víctor no es una
excepción: muy pronto se convierte en camello y cae
en la adicción a la heroína. Pero un día se topa con dos
personas que darán un giro a su vida: Montecristo y su hija,
Heaven. Gracias a ellos y a su propia y férrea voluntad,
Víctor logra enderezar su vida guiado por su pasión
por la montaña y su amor por Heaven.

✓ **Aventuras/viajes**
✓ **Problemas psicológicos/sociales**
✓ **Amor/amistad**
✓ **Ciencia-ficción/fantasía**

¿Dónde estás, Ahmed?
Manuel Valls

Claudia tiene un sorprendente parecido con la famosa modelo alemana del mismo nombre y, por ese motivo, nadie la valora por sí misma. Por eso, cuando llega a su clase Ahmed, un muchacho marroquí, pronto se hacen muy amigos. Ambos tienen muchas cosas en común, especialmente el que la mayoría de la gente los juzga sólo por su aspecto. Precisamente, el racismo de algunos de sus compañeros dará lugar a una serie de conflictos, y Claudia y Ahmed se verán envueltos en una espiral de celos y de odio.

✓ **Misterio/terror**
✓ **Problemas psicológicos/sociales**
✓ **Amor/amistad**

El Chico que fue Hombre
Patxi Zubizarreta

Cuando a Antonio María lo abandonó su mujer para irse con el mayoral de una diligencia, todos empezaron a llamarle el Chico que fue Hombre, ya que volvía a ser soltero y abandonaba su estatus de hombre para recuperar el de chico. Antonio María se echó al monte y consiguió reunir una partida de bandoleros para atacar todas las diligencias y para ensañarse, sobre todo, con los mayorales. Pero un día conoció a Fabián y, especialmente, a María Bautista, quien le curó el tajo que le habían dado en la frente y la herida del corazón, aunque para entonces quizás era demasiado tarde.

✓ **Aventuras/viajes**
✓ **Problemas psicológicos/sociales**
✓ **Amor/amistad**